阿拉伯伊斯兰经典著作译丛

马福德 主编

伊本·赫尔顿大师

〔摩洛哥〕拜萨慕·亨弥释 著

马福德 译

商务印书馆
创于1897 The Commercial Press

2016年·北京

العلامة عبد الرحمن ابن خلدون لبنسالم حميش

本书根据黎巴嫩文学出版社 1977 年第 1 版（阿拉伯语）译出

مشروع التواصل العلمي بين

مؤسسة الشيخ ثاني بن عبد الله للخدمات الإنسانية بدولة قطر

جامعة سيأن للدراسات الدولية بجمهورية الصين الشعبية

西安外国语大学

卡塔尔谢赫·萨尼·阿卜杜拉人文服务基金会

联 合 科 研 项 目

阿拉伯伊斯兰经典著作译丛

总　序

阿拉伯伊斯兰文明历史悠久，文化璀璨，是人类文明的重要组成部分。在当今世界，它仍然覆盖和影响着十几亿人口，在世界格局中具有不可忽视的地位。

文明的发展历程都印证了一点：一种文明要保持活力和不断发展，必然得益于不同文明之间的相互传播、相互影响和相互交融。历史上阿拉伯帝国的“百年翻译运动”，不仅促进了东西方文化的交流和融合，而且铸就了阿拉伯伊斯兰这一崭新独特的文明，其成果甚至促发了西方的文艺复兴运动。在同一时期的中国唐朝，中华文化亦因其在文化交汇中海纳百川的气度而进入发展鼎盛期。

中国当前的社会发展与世界发生着日益紧密的关系，中国的学术研究也迫切需要国际视野。近代以来，中国的翻译实践所促成的文化交流为中国社会的现代化转型做出了巨大的贡献。然而回顾我们百余年的译介工作，不难发现，因种种原因，我们注重对西方文明的介绍和研究，对阿拉伯伊斯兰文明的介绍和研究则较为薄弱，这与阿拉伯伊斯兰文明的重要地位和现实影响是不太相称的。中华文明和阿拉伯伊斯兰文明两大文明间需要更深入的交流、对话和理解。

有鉴于此，我们组织翻译了这套《阿拉伯伊斯兰经典著作译丛》。我们希望通过这一翻译工程，系统地译介阿拉伯伊斯兰文化经典著作，全面展现其丰富内涵，为我们的文化建设提供可以吸纳的营养。

本译丛是一个开放的平台，欢迎有志于中阿翻译的同仁们加入，也欢迎海内外读书界给我们提出意见和建议。

《阿拉伯伊斯兰经典著作译丛》编委会

2016年8月

译者说明

阿拉伯民族是一个十分热爱文学的民族。著名的美籍阿拉伯史学家希提曾说:“世界上大概没有任何民族像阿拉伯民族这样能热情地赞扬文艺，而且为口头的或者书面的文艺所感动。任何一种语言对本民族的精神所发生的无法抗拒的影响,好像都没有阿拉伯这样强烈。”爱好文学的阿拉伯民族，在古代就留下了极其丰富和宝贵的文学遗产。有中国读者熟悉却非代表阿拉伯古代文学最高成就的《一千零一夜》,有脍炙人口的《卡里莱和笛木乃》,有诙谐智慧的《吝人趣话》,有爱情宝典之称的《鸽子的项圈》,有引人入胜的《伊本·白图泰游记》,有大量优美的诗篇……

自 19 世纪以降,阿拉伯文学掀开了新的篇章,阿拉伯学者将此后至今的文学统称为“现代文学”。无论是在阿拉伯人的精神宠儿——诗歌领域,还是小说、戏剧等领域,他们都取得了斐然成就,涌现出纪伯伦、塔哈·侯赛因、纳吉布·马哈福兹、爱德华·赛义德等一批世界级文学巨匠。

阿拉伯文学家热爱文学,热爱那片神奇的土地,更热爱在那片热土上辛勤耕耘的人民。他们以强烈的使命感写作，以浓厚的忧患意识写作,以灵感与智慧写作,为人类留下一笔笔不朽的精神财富。

小说《伊本·赫尔顿大师》是摩洛哥当代著名作家拜萨慕·亨弥释教授的代表作。该小说取材于历史文献，尤其是伊本·赫尔顿本人的著作，成功刻画了这位 14 世纪天才思想家的形象。

伊本·赫尔顿（1332 ~1406 年）出生于突尼斯，全名是艾布·扎伊德·阿卜杜·拉赫曼·伊本·赫尔顿。他是中世纪阿拉伯马格里布地区最后一位著名的哲学家，被后人尊为历史哲学大师。其祖先来自阿拉伯半岛上的也门，曾是阿拉伯人统治下的安达卢西亚的贵族。后来因阿拉伯人在西班牙的势力日渐衰退，伊本·赫尔顿的先辈又迁到北非。

伊本·赫尔顿自幼学习《古兰经》，稍长便在当地著名学府札桐大清真寺学习"圣训"、教义、语言、诗歌和哲学等知识。1349 年，他的家乡瘟疫流行，父母和许多师长相继去世，使伊本·赫尔顿经历了人生中的第一次大磨难。他 20 岁便崭露头角，被突尼斯首相伊本·塔斐拉克招进宫中任职。两年后，伊本·赫尔顿离开突尼斯，来到特累姆森，受到非斯素丹艾布·阿南的欢迎，并成为其近臣。在此期间，伊本·赫尔顿暗中与被监禁在非斯的前贝贾亚废王阿卜杜拉联络，想帮助后者逃回自己的领地。1357 年，事情败露，伊本·赫尔顿被投入监狱。两年后，艾布·阿南素丹被杀，新素丹艾布·萨利姆登基，伊本·赫尔顿获释，并被任命为御前大臣。

1362 年，伊本·赫尔顿来到格拉纳达，受到穆罕默德五世素丹和其首相伊本·哈推比的盛情款待。次年，出使塞维利亚，与卡斯提尔彼得王谈判，他不辱使命，出色地完成了任务。然而，"木秀于林，风必摧之"，1364 年，因为朋友伊本·哈推比的嫉妒和陷害，他被迫离开格拉纳达回到贝贾亚，官拜首相。不久，贝贾亚素丹在与其堂兄君士坦丁素丹的征战中被杀，伊本·赫勒敦只得献城，他先受到款待，后遭冷遇，不得已离开贝贾亚来到比斯克腊。再到后来，他来到君士坦丁南部的阿里夫部落，受到当地人的欢迎，便隐居在一个叫伊本·萨拉玛的城堡中，从事写作。当时伊本·赫尔顿已 42 岁，他在这里安静地度过了 4 年，完成了其历史巨著《阿拉伯人、波斯人和柏柏尔人的历史殷鉴》的初稿。因思念家乡和亲人,伊本·赫尔顿于1378年回到了突尼斯,受到当地群众的欢迎。他一边潜心从事写作,一边在当地大清真寺里讲学。由于他学识渊博,阅历丰富,深受学生们欢迎,一时名声大噪,引起了一些人的嫉妒,他感到难以再留下来,遂决心离开突尼斯,前往麦加朝觐。

1382年,伊本·赫尔顿抵达埃及后受到热烈欢迎,应邀在爱资哈尔大学讲学。期间,他遭遇了人生中的又一次不幸,他的妻儿从突尼斯乘船来埃及,不幸在海上遇难。1401年,他随马木鲁克王朝素丹纳绥尔出征叙利亚,曾奉命率团去大马士革,与帖木儿进行缔结和约的谈判。1406年,伊本·赫尔顿去世。

伊本·赫尔顿生逢乱世,先后在突尼斯哈夫斯王朝、摩洛哥非斯王朝、格拉纳达的奈斯尔王朝、摩洛哥马林王朝任职,历尽宦海沉浮,备尝酸甜苦辣。丰富的人生经历使他对社会的变迁和发展有更深一层的体验和领悟,而知识分子的使命感让他感到有必要探究各个时代的盛衰兴亡之因,以为后人借鉴。其史学宗旨与司马光的"鉴前世之兴衰,考古今之得失"如出一辙。

《阿拉伯人、波斯人和柏柏尔人的历史殷鉴》全书分三部分:第一部分为绪论(即《历史绪论》),第二部分论述阿拉伯人及周边各民族(波斯、希腊等)的历史,第三部分论述柏柏尔人和北非各穆斯林小王朝的历史。其中绪论部分独立成册,它主要从理论上对历史科学进行了阐述,对后世贡献十分巨大。他认为:历史不是一个个杂乱无章,互不关联的个别事件和个别现象,而是一个有着内在联系的整体;历史著作不应该仅仅是改朝换代的记录,而应该是社会发展的全面阐述;各民族的历史是人的历史,而人就其天性和本质而言,则是社会的人,人的活动离不开社会;气候和地理环境等自然条件,影响着人类历史文化的发展;道德风尚和宗教信仰,往往关系到国家、民族的兴亡。他把哲学研究引向人类本身，开创了历史哲学，其学说比通常认为是历史哲学创始者的意大利哲学家维科的思想要早3个世纪。300多年后，法国哲学家伏尔泰才于1765年在其《历史哲学》一书中提出了类似的观点，而19世纪的新黑格尔派哲学家克罗齐在此基础上又向前大胆地迈开了一步，提出“历史是活的编年史，编年史是死的历史；历史是当代的历史”的著名观点。英国当代历史学家汤因比曾这样评价伊本·赫尔顿的这部巨著：“在视野广阔和深度方面，在聪明才智方面，都可以与修昔底德或马基亚维里的作品相媲美……它精心构思和明确表述了一种历史哲学，这无疑是古往今来、普天之下任何心灵所曾经构想过的这类著作中最伟大的一部。”

虽然小说《伊本·赫尔顿大师》的主人公在阿拉伯世界几乎家喻户晓，但对大部分中国人来说却比较陌生，尤其小说中涉及的历史文化背景等更是如此。因此，为了方便中国读者，译者以本文和加注（该中文译本中的注全部为译者所加）的方式做了一些解释和说明。

马福德

2013年3月

目　　录

序　幕 9

伊本·赫尔顿的一生充满坎坷和曲折，他常常与当权者相处得不怎么融洽。与当时的绝大部分学者和政治家不同，他向往以积极乐观而非悲观失望的态度研究国家的命运，探究其兴衰规律。因此，心中常常泛起隐居与静心著述的冲动。

伊本·赫尔顿不善权术，不谙钻营。他虽入仕途，却洁身自好，身居要位，却漠视权力，更不愿为之费心劳神。否则，——感谢安拉，——以他的才智，这个世界会多一个昏聩的法家、枉法的法官或推销不公的掮客，或许会多一个将国家玩弄于股掌之上的饿狼或狐狸。

在那个尔虞我诈的昏暗时代，也就是伊历[①]786 年，本剧的主人公伊本·赫尔顿被埃及马穆鲁克[②]王朝的素丹扎希尔·拜尔古格[③]任命为

---

① 伊历：伊斯兰国家和世界穆斯林通用的宗教历法，是“伊斯兰教历”的简称。亦称“希吉来历”。622 年是伊斯兰教历纪元。

② 马穆鲁克：阿拉伯语意为“奴隶”。自阿拔斯王朝开始，历代统治者多喜欢招募突厥奴隶组成禁卫军。每当统治者软弱无能时，禁卫军头目就专横跋扈，左右朝政，最终导致了马穆鲁克王朝的建立，也称奴隶王朝。这是阿拉伯中世纪最后的王朝，共存在 267 年。人们通常将这个王朝的素丹分为两个系：一是以突厥人和蒙古人为主的伯海里系（1250~1382 年）；二是以塞加西亚人为主的布尔吉系（1382~1517 年）。

③ 扎希尔·拜尔古格：1382 年成为素丹，他的上台开始了布尔吉系马穆鲁克的统治。

10 埃及马立克教法学派①的大法官，住在两宫之间的萨拉赫叶。在这个位置上，他看到了开罗的另一面。他来开罗快两年了，当时听人们说，开罗是“人间天堂”“世间乐园”“伊斯兰的根据地”，流经开罗的尼罗河堪比天堂之河。在他来开罗之前，人们告诉他：不到开罗不知伊斯兰之显赫。而今，他确实亲眼看到了体现于建筑、名胜和艺术作品中的这一荣耀。然而，当他转到这一荣耀的背后，想看看作为立国之本的公平与正义时，他大失所望：他看到伊斯兰离达官贵族而去，看到司法变成巧取豪夺的游戏和明目张胆的买卖……此时，这位马格里布②人看到了开罗的另一面：腐败已变成传统和习俗，跋扈成为有钱有势者的专利，不公和受辱却落在弱者和穷苦人的身上。

在这样的时代，伊本·赫尔顿要在两种无法调和的法度之间做出选择：选择安拉③的法度，并不打折扣地执行；或选择被权位和私利俘虏的权贵们的法则。显然，这两种法度犹如南北两极一般永远无法会合。他只能在两者中选择让心灵感到安宁，良心得到慰藉的法则。就这样，他义无反顾地选择了至高无上的法度——安拉的法度，并为此而殚精竭虑。他依靠安拉，因为安拉明察秋毫，掌管富贵。他不可能做出别的

---

① 马立克教法学派：伊斯兰教法学派之一，研究伊斯兰教法知识。由于对《古兰经》、“圣训”、公议和类比等立法基本原则的运用看法不同，伊斯兰教法学家形成众多学派，其中正统派的四大学派最为著名。它们分别为：一是哈乃斐学派，此派重视运用类比方法，尤其强调尊重执法者个人意见和判断，所以，又有“意见派”的称呼，伊拉克是其中心。二是马立克学派，此派特别重视“圣训”并建立了直接依据“圣训”的体系，故有“圣训学派”之称，伊斯兰教圣城麦地那是其中心。三是沙斐仪学派，此派取前两派之长，故有“折中派”之称，其中心是伊拉克的巴格达和埃及的旧开罗。四是罕百里学派，该派具有传统主义和保守主义的特点，主张严守《古兰经》和“圣训”，很少使用类比。

② 马格里布：在中世纪，阿拉伯人把其统治的安达卢西亚（今西班牙）以及北非地区统称为“马格里布”。

③ 安拉：阿拉伯语音译，多译为真主。伊斯兰教信仰的核心是信仰安拉是创造宇宙万物的唯一主宰。

选择，因为他来埃及的原因是赴麦加圣地朝觐，也是为了摆脱艾布·阿拔斯素丹，后者要求他时刻伴随在其左右，目的只是炫耀他多么爱学问和如何尊敬学者。

然而，要坚持公正判案是何其难！笔吏、地主、封建主、绅士……统 11
统攻击这位要坚持正义的法官，还不忘鼓动小人和奸佞四处散布谣言！尽管对他的攻击五花八门，但最稀奇的说法是，此人不仅不懂法学术语之奥义，而且不领会、不适应、不思进步。在这些人看来，正义分为两种：对他们而言，真实、纯粹的正义毫无意义；他们说的正义只是一个修辞术语，是大家在获取需求时所依靠和相互达成默契的词汇。

主人公默默承受着这些诋毁，他依然坚持要张扬真理，即使被罢官或被谩骂。这时，发生了一件意想不到的大灾难：他的家人在从马格里布乘船来埃及的途中不幸在海上遇难。当时埃及素丹曾修书给突尼斯素丹艾布·阿拔斯，请求他放了主人公的家属，使他们全家在埃及得以团聚。伊本·赫尔顿有个习惯，在提及自己的艰辛时总是轻描淡写，他只用寥寥几笔记录了这次不幸，好像不愿让忧伤的词语勾起往日刻骨的伤痛。他写道："我事事不顺，麻烦不断，我与权贵们关系紧张，却逢丧妻失子之痛，家人从马格里布乘船来埃及，在海上遇风暴而船沉，转眼一切尽失，灾难太大，伤痛太深，我曾心灰意冷，顿生挂印而去之意。"

请求当时的统治者给予"宽松"是伊本·赫尔顿一贯的表述，也成 12
为其追求的目标和向往的彼岸，以便在追求正义的艰难中获得片刻的安宁，巩固对知识的追求和对安拉的向往。在执意与不解中伊本·赫尔顿获得了自己梦寐以求的东西。于是，伊本·赫尔顿隐居于萨拉赫叶区靠近尼罗河畔的家中，只允许仆人沙尔巴进出，并让他负责包括收地租在内的一切家务。

伊本·赫尔顿知道，只有朝觐天方，才能让那颗破碎的心得到医治，但几近崩溃的神经却不断提醒他路途的遥远与凶险，阻止他为此做准备。于是，每当朝觐时间来临，他总是像哈拉智[1]及其他“卧里”[2]们一样待在家中神游天方。

就这样，他度过了一年，他除了神游天方外，将时间花在不间断的功修和对苏菲[3]经典的研读和体验，慢慢地靠近真理之光。偶尔，他也会会见纠缠的来访者；有时也会夜游尼罗河；有时去爱资哈尔大清真寺；或前往侯赛因陵墓；偶尔也会疾步走过拥挤、嘈杂，弥漫着熏香、香料味、调料味和各种饮料及食物气味的市场。

13 那是一个春天的夜晚，圆月似盘，月光融融。他在离家前往他处的路上，忽然想夜游尼罗河，于是租小舟一叶，带仆人泛舟于河中。他脱下摩洛哥大帽，懒懒地躺于舟中；寂静的夜晚和浪花的摇曳使他以为小舟在自行，沉默的仆人隐于桨后。他在迷糊与清醒中度过了片刻，在这一刻，他好像看到了永世，看到了宇宙的意义，恍惚中看到自己已成为一个殉道者，看到自己与圣门弟子以及与正义而清廉的使者们一起住在天园。

黎明将至，拂光露白，脱帽人醒了，他忽然发现仆人盯着自己，一双闪光的眼睛，皎洁的面庞，迷恋的神态，口中不断赞颂安拉，喃喃自语或轻声问道：“我的主人睡着了？还是忘了身处何地？他讲了机密之言，我只记下了其中的一些。我的主人说：‘主啊！我不知能坚持正义到何时？我已年迈体弱，而且尝尽沧桑。主啊！你或将你的仁慈降于此地，或降下医者最后的手段——炮烙[4]。’”

---

① 哈拉智（857~922年）：生于波斯，长于伊拉克。16岁开始接受苏菲主义，后提出“神爱论”。

② 卧里：意为高德者。

③ 苏菲：阿拉伯语原意为“羊毛”，也指由禁欲主义发展起来的伊斯兰派别。由于参加者身穿羊毛制成的服装，以示俭朴和苦行，所以被称为“苏菲派”。在指个体时一般译为“苏菲人”或修士。

④ 炮烙：意为惩罚。

主人公半躺着，问仆人自己还说了什么？但后者抱歉地说由于没听清而没记住。

他问仆人："沙尔巴啊！你什么时候开始服侍我的？" 14

"主人啊！快两年了。"

"我怎样选中你管理我的事务的？"

"当时，我带着一颗破碎的心和无助的双眼见到你，你只看了我一眼，就将家门钥匙交给我，让我打理全部事务。"

"沙尔巴啊！你还记得这些。但我好像只知道你的名字，只认得你的模样。为何你从未给我说起你的情况和你的过去呢？"

"我没这样做，是因为像我这样的人太多了，数都数不清。我的境况也与大部分人无异。另外，我的主人啊！你的遭遇已经够你承担的了，何必让我的境况使你再添烦恼，因为我的情况只能用悲惨一词来概括。"

"信士[1]的心总会倾听不幸者的遭遇。你不妨给我说说你的烦恼，也许你会感觉得到了释放。"

仆人放下手中的船桨，坐下后讲道："我只有一个烦恼，比起它，其他的烦恼可以忽略不计，为了不啰唆和勾起伤心，我简要地告诉你，我的主人，我从一位叫西拉朱丁的公正的法学家的家中来到这个世界，他是一位像你一样以公正著称的沙斐仪派法学家，我在位于旧开罗的家中长大，从小受到关爱和爱护。直到我成年的那天，父亲告诉我，他是从一位
铜匠手中买下了已经四岁的我，他不知道我生父和家人的任何消息。他 15
宣布释放我之后，让我选择，或留下，或离开。我恳求他留下我，尤其是他已经丧妻，也无子女。当养父感觉大限来临之时，便写下遗嘱，留给我他三分之一的家产——在上埃及的半'费丹'[2]土地。然而，我根本就没得到

---

① 信士：指伊斯兰教徒。

② 费丹：度量单位。

这份遗产，其中的原因，你早在这个地方天天目睹。”

“四面八方的继承者来与你争遗产，他们质疑遗嘱的真实性，换言之，他们通过枉法的法官们从你手中夺走了遗产，于是你只好认命，并保持深深的沉默。”

“这是我的故事。我的主人，比起财产被侵吞的孤儿和其他更可怕的不平之事，我算是幸运的。我的主人，不瞒你说，我确定自己的权利被侵犯，于是常常在清真寺与哭诉者一起哭诉：‘青梅和苦艾织成今世的分界墙。’‘他们大吃烧鸡，而我们只有站在墙外眼馋。’如此等等，我现在都不敢再提。主人啊，不瞒你说，我常常在梦中梦见自己变成了安扎或赛夫·本·泽耶甑，扑向这些坏蛋，将他们打倒在地，让那些被欺压的人们向他们吐口痰。但醒来时，发现自己将自己打得鼻青脸肿，我只能痛哭，哭自己的软弱，哭自己的无能。”

沙尔巴突然沉默，他划了几下，将船头调正，只听到伊本·赫尔顿诵读以下《古兰经》经文：“真主必不亏枉人一丝毫”（4:40）①，“罪人们将对永生自立的主宰表示谦恭，背负罪恶者，确已失望了。”（20:111），试
16 图要以此来按住浮上心头的与仆人类似的梦境，但他清楚，与仆人不同，他心中的怒火无法熄灭。

离开尼罗河回到家中，两人一起礼完晨礼②后，第一次共用了简单的早餐。之后，伊本·赫尔顿让仆人去睡觉，自己开始认真研读苏菲的著作和他们的体验。他面前打开着这些书：《阿里箴言》《古舍利书信录》和《苏菲传记》，他一会儿读读这段，一会儿看看那段；一会儿读读这个故事，一会儿看看那个事迹。累了就躺在床上继续采摘其中奥义，享受其中的愉悦。渐渐地，汹涌的思绪使他感到面前的书仿佛成了一

---

① 马坚译《古兰经》北京：中国社会科学出版社，2015 年。本书中有关《古兰经》的译文均采用此译本译文，括弧内数字分别表示章与节，如(4:40)指第 4 章，第 40 节。

② 晨礼：穆斯林每天要在五个时辰礼五次礼拜，分别是晨礼、晌礼、晡礼、昏礼和宵礼。

叶轻舟，带他驶向向往的彼岸：静心而专注学问。只是片刻，轻舟静止，船家将书放在额头，他想起了在摩洛哥的拉巴特城与艾布·麦丁修士的畅谈，当时只是为了逃避阿卜杜·阿齐兹素丹及权贵们的迫害。在艾布·阿拔斯素丹请他出山，去调节利亚赫部落的纠纷之前，他好像度过了一段不可思议和最美好的时光。在安拉的近臣和卧里们梦中的指点下，摩洛哥的山山水水变得那么亲切。点点白帽凸显造物主的恩泽，描绘人们奋斗的生活，记录他们喜怒与哀乐。他仿佛看到了那些有天赋 17
和神迹的高德们，他们远离尘世的权贵、避开学究和派别的争论。他看到住在破旧山洞中的艾布·麦丁与温顺的羚羊和其他动物为伍。他想起另一个据说能在水面上行走，悬壶济世的修士艾布·耶爱齐。他的思绪转向当代的卧里苏拉·本·阿什利，他清楚人们的向往和现状，了解百姓与素丹之间的鸿沟，他拒绝与艾布·阿南素丹[1]见面，当后者追着要见他时，他毅然选择逃亡。

过了一会儿，伊本·赫尔顿睁开眼睛，他看到仍然是夜晚，天色仍暗，于是点燃蜡烛，继续拜读《阿里箴言》：据瑙夫·布卡里传述，有一天晚上，我见到信士们的长官阿里[2]走到屋外，仰望星空。他问道："瑙夫啊！你睡在床上？还是仰望星空？"我回答道："正在仰望星空。"他说："不恋今世浮华，向往后世永生的人太幸运了：这般人以地为床，以土为铺，以水为精油，以祈祷为财富，以《古兰经》为座右铭。即使如此，他仍像麦西哈（耶稣）一般让今世欠他许多账债。"

突然，一阵敲门声打断了这位静心研读者的思绪，紧接着一阵嘈杂声，他听出是仆人声音。他悲观地猜测，是素丹的手下要他干什么差

---

① 艾布·阿南素丹：（1351~1357 年在位），是由柏柏尔马林人在非斯建立的马林王朝的素丹。

② 阿里：第四位伊斯兰正统哈里发，最早信仰伊斯兰教者之一，先知穆罕默德的堂弟和女婿，661 年 1 月 24 日，在去清真寺的途中被暗杀。

18 事。于是他起身走向大门，却看到一男一女嚷着要见他，而仆人试图阻止二人。见此状，他欢迎两人的到访，请两人进屋，两人欣然领命并随他进屋。这时他才注意到这对男女，女子高挑而男子个儿矮。伊本·赫尔顿说："沙尔巴对你俩有些粗暴，不要怪他，他只是不想让别人打扰我，或者害怕有人顶替他的这份工作。显然，你俩不是夫妻，就是兄妹，有何事需要我帮忙，或需要我提一些建议？"

男子因这位学者的谦虚而迟疑了一会儿，然后鼓足勇气说："最有福的法学家和最公正的法官阁下，两年前我曾和人们来过你家，当时是来吊唁你失去家人，愿安拉让他们进入永久的乐园。而今天我来是为了让你认识我和了解我与这个女人的故事，当然，这个订婚戒指能证明我是她丈夫。我叫哈姆·海诃，今年四十岁，我迁徙到这个地方已经两年多了。我与这个女人结婚不到一年，也将她从她的故乡非斯城[1]接来。虽然我们钱不多，收入不高，也没有孩子，但我们安静地度过了这些日子。家与厨房是她的领地，我从不侵犯，而我通过合法的手艺挣来度日的钱，我会书法和誊写。最近我与此妇之间因一件事而生隙，在这个地方只有像您这样的法官才能处理此事。您先听听当事者的陈述，然后依据马立克学派的观点为我们做出裁决。"

19 女子摘下面纱，主人公瞟了一眼，发现她有一双迷人的眼睛，只听到她娇滴滴地说："你先说，法官大人是有福之人。"

"我俩的问题是，我的妻子要我肩并肩陪她去尼罗河畔散步、去逛街。我无法答应她的要求，因为我个儿矮，更重要的是伊斯兰教也不鼓励这样。我想，伊斯兰教教律不会因一个不愿陪比自己高二尺的妻子逛街而降罪于他吧。该你说了，婆娘。"

"法官阁下，独自待在家中使我感到郁闷，出去逛逛可以驱走忧郁，

---

① 非斯城：现摩洛哥北部古城和穆斯林宗教文化中心，非斯省省会。

但是我独自一人出去时，会有不良小子和不怀好意的年轻人朝我挤眉弄眼、胡说八道。为了名誉，我只得回到家里，免得人们对萨利赫·塔奇的女儿[①]说三道四。我曾与这个男人恩恩爱爱，我希望以后也是如此，但他要陪我去尼罗河畔散步。”

“我不会陪你去散步，你如果郁闷，可以上楼台转转。愿安拉诅咒那些卖弄风骚、整天瞎逛的埃及女人。”

“哈姆啊，所有的男人都陪自己的妻子，这不是什么丢人的事。不信你问问法官大人，他会告诉你，男子汉的标准不是身材高、个子大。”

“乌姆·贝宁[②]，你说得太对了，每次陪你穿过街道时，我犹如过‘绥拉 20
特桥’[③]一般，我只听到女人们的惊叫和男人们的嘲笑。看在伊德里斯先贤的面上，你不要让我勉为其难，你回到你在非斯时那样，依人而乖巧。”

“哈姆啊，在非斯我有家人和好友，我让兄弟们替你陪我出去，而在这里，你就是我的家人，除了你，我没其他亲人。”

女人的眼泪像断了线的珠子掉下来，男子腼腆地将其搂到怀中，许诺要找一个女仆替他陪老婆逛街。而伊本·赫尔顿默默地站在这对夫妻面前，不知如何是好，不知道如何判决，也不知马立克学派对此有何见解。这时，他想起伊拉克库法意见学派的学者们曾遇到的一个相似的案例，当然不是完全相同。说有一男子对妻子说：“你如果穿上这条裙子，你就被休了；如果我没有和你穿着此裙同床，那么你也被休了。”法官们判决，让该男子穿着此裙与妻子同床，这样男子没有破坏誓言，休妻

---

① 萨利赫·塔奇的女儿：指说话女子自己。

② 乌姆·贝宁：阿拉伯人习惯以孩子的名字加艾布或乌姆来称呼大人的，意为某某的父亲或母亲，如果没有孩子，则会以艾布·贝宁或乌姆·贝宁来称呼，意为孩子们的父亲或孩子们的母亲。

③ 绥拉特桥：在伊斯兰教义中，指在后世通往天园的桥，细如毫发，快如利刃，好人如闪电般通过，坏人则掉进火狱。

也就避免了。就这样吧，也许据此可以处理此事！伊本·赫尔顿能让夫妻互穿对方的衣服，男子可以陪着妻子逛街散步呢？刚一想，马上就被自己否定，这是一个多么荒唐的想法。就在这时，他听到女子好像极力忍着不让自己笑出来，她已擦去了眼泪。

“哈姆，你给法官大人说说那位法官的主张。哈哈？笑死我了。他
21 说，如果我们要上街，就让我穿上你的衣服，你穿上我的衣服，还给我
们找来《古兰经》的经文作为依据。哈姆，你说说是哪节经文？愿安拉让
你想起来。”

“黄牛章中的‘她们是你们的衣服，你们是他们的衣服①。’(2:187)”

“太可笑了，愿安拉让他脸上生疮！”

“闭嘴！婆娘！你别提此人的名字，我们的事够怪的，他只是以自己对经训的理解为我们做出裁决。”

“现在让我们听听法官大人的意见，但是，我绝不同意你说的，让丫鬟替你陪我逛街。只有男人才能保护女人不受其他男人的骚扰。我说错了吗?!”

伊本·赫尔顿认为是时候让夫妻俩知道，他很重视此事，便向前一步说：“好了！好了！我完全明白了，现在我说说我的意见，如果错了，求安拉宽恕。这不是判决，因为我已不在法官的位子上，连‘费特瓦’②或忠告也算不上，我只是提议，仅供参考。我的仆人已七十多岁了，但身体魁梧、身手敏捷，忠实可靠、善守秘密，我想让他陪乌姆·贝宁去逛街，但哈姆要替他当我的书记员，你说过懂书法和誊写。每个月的月末我会要求你来干此活，一直到我去朝觐为止。我重申，这只是提议！”

22 哈姆心花怒放，喜悦中有些吃惊，说道：“我的主人啊，我从未想到
能得到您如此大的恩惠。我完全接受您的‘费特瓦’，在您朝觐前后都

① “衣服”一词在阿拉伯语中表示互为依恋和保护，并非汉语中所常常表示的不值得珍惜之意。

② 费特瓦：意为教法说明。

愿侍奉您,不付工钱也愿意。伴随大师,听他的教诲,记录其见解,是本人莫大的荣耀。”

“那,我们就说定了,但需要听听乌姆·贝宁的意见。”

女子用敬佩和喜悦的眼神看着伊本·赫尔顿,说道:“先生啊,若不是怕您笑话,我肯定高声欢呼,或者用非斯舞来表达我的意见。”

“那,就这么说定了,哈姆先生,时间是这个月的月末,也就是二十天以后。”

“好,还有段时间,愿安拉使我在这段时间顺利地再次拜读《历史绪论》,您的巨著中的明珠。虽然我们同意了您的提议,但我还是要给乌姆·贝宁提一个条件:除了我们街道上的那个浴池外,别的浴池都可以去,每两周,沙尔巴陪你出去一次。”

伊本·赫尔顿贴着哈姆的耳朵压低声音说:“加一次,沙尔巴划船,你俩欣赏河上美景。”

“行,我在水上陪她。”

“女士啊,你要知道,女人的圣战就是相夫。” 23

“乌姆·贝宁啊,你看到这位大师的智慧了吗?回家后我再告诉你,走吧,我们已占了大师太多的时间。”

大家都起身走向大门,见沙尔巴像木雕一般立在门旁纹丝不动。哈姆感激地亲吻了大师的肩膀,而女子赶紧拉起大师的手吻了一下,并激动地用双手抹自己的脸颊[①],而大师一直试图阻止她。最后,她带上面纱,迈着欢快的脚步随丈夫而去。

伊本·赫尔顿压了压被女子热情奔放所感染的情绪,对仆人说:“沙尔巴啊,晌礼后来找我,我有事找你谈,现在去准备饭,热好洗小净[②]的水。

---

① 脸颊:表示沾带福气。

② 小净:穆斯林在礼拜前要按一定的程序用水净身,洗手、漱口、洗鼻、洗脸、洗双臂、摸头及洗脚,此仪式叫“小净”,用水洗全身则称为“大净”。

“哈姆和他妻子的情况让我想起另一对夫妻的故事，当然，不完全一样。两年前，我刚在法庭坐下，就看到他俩，当时像往常一样，右手坐着我的书记官，大厅里站着一些要打官司的人，大厅的尽头是大门，门口站着四个门卫。

“我指指那对夫妻说：向前站。你怎么了？安拉的女仆啊，你为何要离婚？

24 “那夫人回答道：法官先生，这个男人经常捂着我的嘴打我，而且打我的时候，他自己呼天喊地，惨叫不已，好像我在打他。

“我问道：你有证据吗？

“答曰：‘我身上有伤，而且亲戚和邻居都知道。’

“我问她丈夫：‘你承认还是否认？’

“他慢条斯理地答道：‘法官大人，这个事值得商榷。我捂她的嘴？对，那是怕她大喊大叫。我打她的时候，自己哭叫？也对，打是为了让她懂得妇道，抗议她的恐吓，捂嘴是为了不让邻居笑话。’

“我提醒说：‘那你就得发誓，因为你否认指控。’①

“男子回答：‘以安拉的名义起誓，我绝不为此发誓，哪怕……’

“我打断他说：‘你发誓，或观察你一个月，否则，我就判离婚，还判你付妻子和孩子们的生活费。’

“妇人补充说：‘大人，我们没有孩子，感谢安拉！至于生活费，是我用父母（愿安拉怜悯他俩）的遗产来养活他的。’

“我做出决定：观察半个月。出去吧，我还有别的事务要处理。”

---

① 伊斯兰教法诉讼中，指控者需要有举证，否认者有发誓的义务。

第一章

七夜谈 25

一个高尚的人，具有美好的品格、渊博的知识、高贵的出身、沉稳 27
的性格、远大的理想、广阔的胸怀，志趣广泛、酷爱学问、记忆超强、分析透彻、书法奇才、交际高手，马格里布的骄傲。

——利萨丁·本·哈推卜《格拉纳达志》

伊本·赫尔顿被罢官时，许多人还去伴其左右，他仍然谈笑风生，笑迎访客，善待高官。就这样，无论身处何地，他一身马格里布服饰，从不穿这个国家的法官服，因为他总是与众不同。

——夏木西丁·赛哈维《九世纪名人录》

旁　白

（一）

29 已成为伊本·赫尔顿的书记官的这个哈姆，从长相看，有点像伊本·白图泰[1]的书记官伊本·哲齐，都是矬子，麻脸，因阅读和誊写而眼睛近视。但是，说实话，前者比后者更聪明、更活跃和更沉稳。

哈姆不像其他书记官完全听命于雇主，只要雇主张口，就记录，不管是否值得。雇主的胡言乱语，也会被他们拾掇成一篇奇文。

假设一下，假若哈姆代替伊本·哲齐给伊本·白图泰当书记官，那
30 么，他肯定会对伊本·白图泰讲的这个故事提出质疑。伊本·白图泰讲到一群生活在塞拉夫和巴林之间的一个深潭中的采珠人，哈姆肯定会极不情愿地记录看似不可能的故事："当采珠人要潜水时，会用一个乌龟壳做的夹子夹住鼻子，然后在腰里系上绳子，就潜入水中。每个人潜水的时间不一，有人可以在水下待一个时辰，也有人可以待两个时辰，等等。等潜到潭底，就找藏于碎石之间的贝壳，用手或用携带的铲子挖出。"至于白图泰所说的在特莱姆森之战中，素丹独自一人打败了白尼·阿卜杜·瓦迪的军队，假若雇主让哈姆记录此事，他肯定会撕碎纸，折断笔，拂袖而去，会诅咒阿谀奉承之人和马屁精，留下奉承者们胡说八道。

有个情况需要说明，哈姆之所以会这样做，是因为他将誊写作为职

---

① 伊本·白图泰（1304~1378年）：生于摩洛哥丹吉尔，14世纪最伟大的阿拉伯旅行家，在29年内足迹遍布伊斯兰世界。并于1347年远涉到达中国。后来回到故乡，口述所见，著成四卷本《伊本·白图泰游记》。

业的原因是热爱它，而非只是为了养家糊口。其实，他去伊本·赫尔顿家之前，就读过其所著《历史绪论》一书，并为其折服。

（二）

伊本·赫尔顿与其书记官的会谈大多在他那间不大的书房中进行，书房的布置是马格里布风格，墙上装着书架，架上摆着他的最爱——书
籍。至于时间，一般是在宵礼后的一个小时，偶尔也会超过半夜一小 31
时。值得一提，他俩的会谈，不全是记录伊本·赫尔顿的口述，也会谈到其他的事。哈姆经常会带些老婆做的马格里布菜肴。有时他会谈到百姓的艰难，素丹及其近臣们的挥霍；有时会谈到，老婆因有沙尔巴陪着很开心，她执意要大师尝尝她的手艺。伊本·赫尔顿则有时通过询问哈姆来了解埃及的情况，有时会倾听哈姆为其诵读所选的一些书的某些篇章。

伊历二月的最后一个夜晚 32

第一次会谈。

伊本·赫尔顿和哈姆面前摆着一壶鲜奶，一盘椰枣和一盘甜点。大小不一、光亮各异的蜡烛照亮书记官面前的纸张和硬笔。寒暄过后，两人开始誊写麦斯欧迪[1]所著的《黄金草原与珍贵的宝藏》和《伊本·白图泰游记》中的一些章节。

当工作结束后，大师道："哈姆，你的理性和感官能相信亚历山大

① 麦斯欧迪（896~956 年）：生于巴格达，著名的阿拉伯历史学家和地理学家，其巨著《黄金草原与珍贵的宝藏》是一部包罗万象的史地百科全书。书中明确指出："原来的沧海变成陆地，原来的陆地变成了沧海，这是天体和大自然变迁的结果。"

大帝待在一个玻璃柜中下到海底，去画海底魔兽，据说它们阻止大帝建亚历山大城。他想照画像造个塑像，以此来吓退这些魔兽。”

哈姆不假思索地摇摇头和摆摆手表示不信，并说：“我从未信过伊本·白图泰所说的艾布·阿南素丹独自打败了一支大军，也不相信说素丹打狮子犹如宰羊。我连这都不信，怎会相信更荒诞的事？”

33 大师对此表示赞许。他继续说：“你誊写的时候，删掉这两个故事，从其表述看，好像是伊本·哲齐所加。你要知道，艾布·阿南素丹曾任命他为书记官。你继续讲。”

“这些，我不知道，但也不能说伊本·白图泰完全没责任。”

“别管这些，你记录：界定可能与不可能的事物，尤其是在意见不一的问题上，需要实证。我不信欧椋鸟（白头翁的一种）雕像的故事。谁信，就让他立这样的一尊塑像，看看欧椋鸟衔来橄榄后是否榨出油来？谁信建亚历山大城的故事，就重复一遍亚历山大大帝的所为，看看他能否在柜子里呼吸，能否活着走出来。那些有违常理和思维的传说，都应这样对待。”

伊本·赫尔顿有个习惯，一旦转入正题就会低头沉思，所以他要求
34 书记官要注意记录。这时，他说：“哈姆啊，记下这一点。我不想让人们说伊本·赫尔顿是个一脸严肃、不知情趣的老学究，或者是一个只认文献的书呆子。记下，我不讨厌有趣的传说，也不会轻下结论说不可能，除非我在已经考证的历史典籍中看到相反的情况。当我们烦闷时——这个时代的烦闷事太多了——可以此解忧，可以在其中找到现实生活中难觅其踪的公平与大爱。”

哈姆记录的本事无人能比，速记的能力堪称典范。但这次，他不得不放弃给字母打上区分的圆点。因为他看到了口述者胸中不断涌出的学识，只听到他又说：“哈姆啊，请记录，我当初留你就是为了记录，我多少次梦见自己变成了欧椋鸟，衔着一颗颗橄榄去喂饱那些饥饿的孩

子。请记录，我曾在梦中到过赛加立马洒沙漠中的铜城，我登上城墙，
没有拍手大叫，也没飞跃而下，而是大声赞美安拉。我与那些勇武的卫 35
士们商量，让我游览一番。他们答应我的请求，但要求我在离开时忘掉
所见。就这样，我在城中看到无数奇珍异宝，看到没见过、没听过、也未
曾想过的美和公平。你不要问我看到了什么，我已抹去其中的记忆，我
只记得其中袭人的芳香。”

“哈姆啊，就这样记录，我烦恼忧伤时会常常坐在海边，想象自己
钻进水晶柜中，潜入海底，不是为了驱赶海底的魔兽，而是敞开胸怀迎
接海底世界的动物与植物。不瞒你说，我的天性常常使我张开想象的
翅膀，让自己潜入海中，不单是欣赏，还有对水下世界的探究。在这方
面我不如亚里士多德和贾希兹[①]。但要说明，我对水下世界的研究并不
是要弄清楚石龙子是否有两个生殖器，它的肉是否能治阳痿，也非观
察其他两栖动物，如海马、海豚、海豹、海象等湖泊与江河中的动物。我
们对这些有所了解，要了解更多，也可以做到。不是这些，我只是想知
道，在漆黑的海底，无尽的沉默是否掩盖了其中的政治纷争：对海底的
山川和草原、荒漠与沃土的争夺。也许沉默的巨浪将我掀翻，这时我 36
无奈地卷起遐想。停下来欣赏水下一幅幅静止和活动的图画，将其动
与静视为对安拉的赞美和对先知的祝福。说不定是卖弄风骚和打情
骂俏……哈姆啊，你在听吗？”

书记官满头大汗，连忙回答：“先生啊，我的笔与纸和你一起在水下。”

“那么，这章的结尾是：我不仅不反对奇闻逸事，而且认为在适当

---

① 贾希兹（775~869 年）：生于伊拉克巴士拉，卒于巴格达，是阿拔斯王朝文学泰斗，阿拉伯历史上的文学巨匠。其作品紧密联系社会，紧扣百姓脉搏，被誉为中世纪阿拉伯社会的“百科全书”。他一生著述颇丰，其中《动物志》和《修辞与解释》最为著名。《动物志》全书共 7 卷。他在该书中分门别类、大量地说明各种动物的功能、性格及其与人类的关系。

的地方它也很有价值，我不拒绝有深意或新意的奇谈怪论，反而希望在想象的世界中任其驰骋。混淆概念和标准，将繁杂的事物简单化是沙漠懒汉所为，是爱瞎猜和不专注的沙漠贝都因人①的习惯，应将其从我们的思想中清除。这个以后再说。”

哈姆真想问问大师，他为何酷爱对所有的事物进行深入探究。但几次欲言又止，怕已酸痛的手无法握笔，怕先生已说结束的会谈被延长。

书记官走后，伊本·赫尔顿伸开双腿，倚在靠垫上，只听他轻吟：

静夜掩思绪，自负知多少。
37 杯盏映清影，方知正义身。
……
放下红尘万般事，大梦抿千愁。
奈何双眸耀烛台，万绪上心头。

---

① 沙漠贝都因人：喻指没文化的游牧人。

旁　白 38

哈姆回到家中，吃饱喝足后像往常一样钻进妻子的怀里，给她讲新雇主的优异品质：过人的才智，超群的鉴别力，非凡的分析能力，还有可贵的双重性。他故意让妻子问他，什么是双重性？他答道："即浸于俗世，超越凡尘。"这时他才注意到妻子起身去梳头抹香水。他搓了搓右手，小声给妻子说，也许他会一直侍奉先生，即使没有工钱。妻子听后大笑起来："我们吃什么？天上掉下来吗？喝风？"

在床上，哈姆自言自语："为何先生对凡事都能看得那么透彻？"妻子一把将他拽进怀里，吹灭灯盏，说道："你就问你透彻的宝贝吧。"

39 伊历三月的最后一个夜晚

在这一夜，两人谈了很多，伊本·赫尔顿要求哈姆记录其中的一些内容，让另一些内容随风而去。

哈姆首先开始讲，他犹豫了许久，终于按捺不住问雇主一个自己和妻子怎么也想不明白的问题——深邃，为何先生总能找到事物的本质？

“哈姆啊，我的答案是——你愿意的话就记录——我总是在思考，我发现只有深邃才是答案——世界是核，是基础，是规律，它让我着迷，让我探究。否则，除表象和泡沫，表皮和幻觉外，还剩什么？

“想想看，如果我不深究事物的本质，或不努力，那么，我最有本事发现表象，而将剩下的时光消磨在娱乐和吃喝上。假若这样——求安拉
40 保佑，我与其他成千上万的法学家们一样，学好一派之学问，然后将所有的心思花在注释和缩写上，有可能成为素丹和埃米尔们的御用文人，用金水记录他们的言行和度过的昼夜。假若那样，我有可能成为一个旅行家，搜集奇谈怪论和趣闻逸事……”

“先生”，哈姆打断他的话，“此处我可以给读者转述一些《伊本·白图泰游记》中的内容？”

“不要转述，让白图泰清静一会儿，你会想得更明白些。”

“请给我说说你不同意的原因。”

“白图泰和我都抱怨世事艰难，都竭尽全力试图揭示其中的奥秘。他选择了告别亲朋好友，云游安拉的大地。而我，也在云游——另一种游法——是在有限的空间里探究事物的本质，真实而平凡，但不庸俗；实在而另类，却不孤独。我们都有一双希望的眼睛，以此来前行，期望看到理想的光芒，看到艰难背后的希望和苦难尽头的欢乐。你要理解，要受

益。”　　“安拉创造他所意欲的事物。但无论如何，我还是更想听你的见解。虽然，我不干活的时候就读《伊本·白图泰游记》，常常为其中的 41
片段大笑不止，或惊叹不已。有时我将它讲给乌姆·贝宁听，她会不停地笑着说：‘笑死了。’或者捂着肚子跑掉。比如，苏丹的一些部落，在泥土中打滚是表示对酋长的尊敬，很奇怪！还有将食盐当作货币的，很奇怪！有吃死驴和狗的，还有吃人肉的，想不通！”

“哈姆啊，传统造就人，也许环境造就人。我们的许多行为对黑人或黄种人而言，也是不可思议的！”

“白图泰对那些地区的详细描述让人难忘！比如有些部落说，吃白人的肉有害，因为它煮不熟；黑人的肉最好，因为它最容易煮烂。”

“那么，哈姆，你就不必担心落到他们的手中。”

“还有部落说，人肉中最鲜美的部位是胸部和手掌。白图泰还说，他在斋月亲眼看到赤身裸体的男男女女。这太奇怪了，有两个原因，一是不穿衣服本身，二是这位受人尊敬的学者怎么就看了呢？这位马立克学派的法学家就该闭上眼睛！尤其在这么尊贵的斋月！”

伊本·赫尔顿笑了，他说道：“是奇怪！但你为何没记住另一些故事呢，也许它对你的生活和信仰都有益？”

“也是些奇闻逸事？” 42

“是，当然不是裸体，也非吃人肉。我给你讲一个，或许你会有所感悟。这是一个白图泰当面讲给艾布·阿南素丹的故事，讲印度国王穆罕默德令人汗颜的慷慨。说他如果出宫，就会统计德里的居民，然后从私人财产中为每个人拨出半年的生活费。当回到宫中后，就命人竖起抛石机，向穷苦人和可怜人抛送一袋袋的金币和银币。”

“真的很稀奇！尤其在马格里布，这简直是天方夜谭。先生，素丹的宠臣们当时的表情如何？”

“当然是哄笑，抓耳挠腮的丑态，还有质疑的大笑和嘲笑。”

“卑鄙、吝啬的宠臣，腐败、受贿的宠臣。他们就不能平静地接受这个关于慷慨的传说！先生，你怎么看这个故事？毫无疑问，是究其里？”

“我研究过，认为它极有可能，无需否认。”

“艾布·阿南素丹听到这个故事后，仍然像往常一样在宝座上四平八稳，纹丝不动，或是如坐针毡，坐立不安？”

伊本·赫尔顿低头沉思了一会儿，好像有些犹豫，而哈姆却继续说：
43 “如果你不想让我记下你的回答，或者不想让人们知道，那就悄悄地告
诉我，我会将其葬于心底。”

“哈姆啊，你想捅马蜂窝?！信士们的长官没有否定这个故事，也没怪罪讲述者，而是谦逊而若有所思地接受了，好像恨自己心有余而力不足。或者羡慕印度王，而感叹自己难望其项背。好了，现在让我们回到正题。”

“如果您愿意，我愿聆听并记录到天明。”

“那，就动手补上这一句：是的，我一直想要探究事物的真相及其变化的规律，但是，相反，却漏洞百出、错误不断！”

“先生，您也会错？”

“哈姆，不要打断我，你记录：无论如何，我是时代之子①，虽然我能超脱。时代之子意味着时代优点之子，可惜，它太少了；是时代缺点之子，很遗憾，它太多了。看看这个混乱的时代和我们的无助。

“关于缺点，你一定要记下，多少次我让情感战胜理智，而无视事
实。就这样。例如，我曾不遗余力地维护阿拔斯王朝的哈里发们，我否
认他们饮酒、枉法和淫荡。其实，正确的是将其交付于安拉。尤其，在理
论上，我将这些归结于享乐文化的必然结局。对这些哈里发们而言，更
44 是如此。还有我曾谈及基督教各派关于基督的不同观点，我曾做出判
断，好像我只生活在伊斯兰教初期，而非因基督教的挺进导致安达卢西

① 时代之子：意为受时代局限。

亚几近崩溃的时代。我在《历史绪论》中——我希望将其删除——统统将那些教派称作‘库夫尔’[1]:‘关于这个问题,我们没必要与他们(基督教各派)争论,结论只是或加入伊斯兰教,或支付人丁税,或刀兵相见。’哈姆啊,此言差矣,它完全是一个无奈的学究之言。

“显然,我在一些问题上欠思考或发生失误,我否定了自己的原则:仔细考察信息,将其置于正确的原理之上,以便更好地提炼它。我忘了阿里大贤的教导:你们用思考而非传述的绳索拴住听到的信息。因为思考者稀缺,而传述者颇多。

“哈姆啊,我的失误还有,我曾推崇门第,用它来修正一些错误的观念,有些对了,但错的更多。门第使我忽视了一些作为史学家需要正视的事件,比如没有成功的造反,造反者们的真相,要求正义者们的原委,而我曾用最过分的言辞来描述他们。在这个问题上我站在了强权一边,我将历史局限于强者的所为,而把穷苦大众逐出门外。

“更大的错误是,我对苏菲大师们的冒犯。有人说,我所著的《问道 45
者的灵丹》是一部阿谀之作,是响应政治需要之作。当时统治者想遏制大众苏菲和修道院的蔓延,想要通过对苏菲修士的文凭考核来逼他们就范。此言不假。谁想要了解我为何不太提及此书,就会了解其中的缘由——一个事件,我对其所导致的必然结果估计不足,这个事件最终导致我粗暴地对待苏菲派的经典著作,做出有违个人尊严的‘费特瓦’,其内容如下:‘关于这些包含致人信仰迷失的书籍,以及人们拥有的各种抄本,如伊本·阿拉比[2]所著《麦加的启示》,伊本·赛博阿因[3]的《妙

① 库夫尔:意为异教。

② 伊本·阿拉比(1165~1240年):出生于安达卢西亚。苏菲主义著名代表人物。他著述颇多,据说有近500种,其中《麦加的启示》《智慧的珠宝》最为著名。

③ 伊本·赛博阿因(1217~1269年):出生于安达卢西亚。苏菲主义著名代表人物和哲学家。

手》,伊本·庚希[1]的《脱鞋》,对于这些和类似书籍的裁决是:一旦发现,就付之一炬,将其灰烬倒入河中,不留任何踪迹。消除错误的信条是造福百姓的信仰。统治者必须维护大众的利益,烧掉这些书,不仅如此,凡是有能力的人都应这样做。'

"今天,我只希望读者将我的那个'费特瓦'扔进火里,然后把其灰烬倒入河内,不要留下任何遗迹。

"在政治问题方面,我犯的错误不少。我不责怪自己为何置身其中,因为我是时代之子,我如它一般矛盾重重、千姿百态而变化无常。马格
46 里布,曾经和现在依然充斥着阴谋和杀戮,弥漫着纷争与对抗。甚至刚避开这个埃米尔的虎穴又入那个的狼窝。所以,为了完成素丹的任务(比如调节头人们的矛盾、部落间的纠纷),像我这样身居该位的人只得曲意奉承、左右讨好,而错过朝觐的时机、独自静思的时光。不,我不会为此怪自己,我只怪自己当时为何迷恋权力,贪图高官。我看到无数不学无术的人通过权力、裙带和阿谀身居要位,于是我于心不甘,蠢蠢欲动。我立身于艾布·阿南的朝廷之上,却暗中与被监禁的前贝贾亚废王阿卜杜拉通气,帮助他逃到其领地,后者许诺如果事情成功,我将官拜首相。在这个国家,首相的意思就是权倾一国,一人之下,万人之上。

"我接受了这笔生意,其中还有个原因,即我家与其先辈是世交。但是,事情很快败露,艾布·阿南将我投入监狱近两年。这时我才明白,虽然素丹治国有方,但我仍然对他心怀不满,究其原因,只有两个:第一个原因,也是最重要的原因,是他像我刚从政时权倾朝野的突尼斯首相
47 一样,只让我出任一般官职;第二个原因,是艾布·阿南素丹不仅抢了他父亲的王位,还将他父亲在饱尝穆瓦希德贝都因人的折磨后放逐到穆萨穆德的山区。后来其父亲失魂落魄地回到马格里布。对此,我在

---

[1] 伊本·庚希(? ~1151年):出生于安达卢西亚。苏菲主义著名代表人物。

《阿拉伯人、波斯人和柏柏尔人的历史殷鉴》中有所述。有许多学者与这位老王交往甚密,其中有我今生难忘的启蒙老师和学业导师。

“到了艾布·阿南当政的最后时日,贝贾亚的废王才得到释放,而我也得到前者释放的许诺。我当时给他作了一首长达两百句的长诗,倾诉我的忧伤和请求,幸运的是我忘了其中的绝大部分。在艾布·阿南被自己的大臣处死之后,我才得到释放。后来我被艾布·萨利姆素丹任命为御前大臣。到后来我前往格拉纳达,在那里受到穆罕默德五世素丹及其首相伊本·海推布[①]的盛情款待,住了差不多一年。伊历765年,我作为这位埃米尔的使臣,出使塞维利亚的卡斯提尔人的首领彼得王,目的是与其联盟,对抗阿拉贡人。出使期间,我碰到了易卜拉欣·本·齐尔其尔,他是一位犹太医生,我在艾布·阿南处任职时就认识他。记得他悄悄地告诉我一些关于这个彼得王的残暴与荒淫事迹。他强调说,据他得到的消息,卡斯提尔人和阿拉贡人都正准备抢先对付境内的穆斯林和犹太人,甚至对付那些已经改宗换教的人。总之,伴彼得如伴虎狼!因 48
此,当彼得王希望我留下,并允许发还我的祖先在塞维利亚的领地时,我毫不犹豫地拒绝了。

“哈姆啊,说这些的意思是为以后的事做个铺垫。后来,我在格拉纳达与朋友利萨丁的关系紧张,他曾身居高位却希望称王。我离开格拉纳达回到贝贾亚,希望收获帮助废王艾布·阿卜杜拉的果实(他已称王),得到高位。果然,我一到,就得偿所愿。从伊历766年的5月至767年,我官拜首相。在这个位子上,我开始飘飘然,肩膀耸起,语调变得强硬和冰冷,手势傲慢而凌厉。怎么会发生这种巨大的变化呢?我的家门庭若市,百姓见了点头哈腰,官员们毕恭毕敬立在卧榻或座位四周!

---

① 伊本·海推布(1313~1374年)又名利桑丁,安达卢西亚著名的文学家和历史大家,被誉为文武双全的首相。其一生著述颇丰,《格拉纳达志》是其代表作。

“幸运的是，我的骄傲和自负没能维持一年，随着艾布·阿卜杜拉被其侄子君士坦丁的素丹艾布·阿拔斯所杀，弹指间，我拥有的一切化为青烟。我只得献城，拥立他为王。后来，我不得不离开贝贾亚前往达瓦韦德的郊区，再投奔比斯克腊的伊本·慕齐尼。

49 “经过这些失败的经历，我总结出两条经验：一条是实践经验，另一条则是理论经验。第一条使我在大概两年后拒绝了特莱姆森素丹艾布·哈慕的邀请，他当时请我出任首相，我常念叨这段‘圣训’：信士不能在一个洞里被蜇两次。至于第二条则是一种观点，我曾自我许诺，一旦摆脱国王们的事务，自己做主，那就会将它整理出来。它是：学者应是离政治和政治派别最远的人。我将它写在一张卡片上，在背面写上：王权是一个荣耀而令人向往的职位，它囊括了尘世所有的荣华、肉体的享乐和精神的享受。所以，人们才会激烈竞争。除了被夺取外，很少有人自愿将其交予他人，因而导致纷争和战争。

“总之，哈姆啊，我的知识中存在诸多错误，而在从政生涯中的我，就像一个幸运之星高照，而总是抓不住机会的人。在政治全面腐败的时代，无人能独善其身。”

哈姆停下笔，为了活动一下手腕，或是让先生转入另一话题，不再自我批评。于是说：“先生啊，除了安拉和他的使者（穆罕默德）外，人人都会犯错。你的正确观点，应受到重视，至于一些失误或口误，与你的深邃相比不算什么。”

“你想要安慰我，谢谢你。”

“假若只是这样，我不会让一个问题一直困扰自己，自从认识你就困扰着我，请允许我提出来，就是你怎么也强调自己的门第？！尤其我根本不了解自己的族谱，或许我压根就没有族谱。我不是争论，你的祖
50 上是否来自也门的哈德利地区，是阿拉伯人中的望族，你是否是曾受先知祝福的弟子瓦伊利·本·哈贾里的后代，你的祖父是否是从东方迁

来安达卢西亚的哈立德·赫尔顿。我不争论这些。我在想，假如你没出生于这样一个名门望族，你会像现在这样这么深邃？”

伊本·赫尔顿沉默了片刻，然后脱下帽子，用手示意记录：“在《概念与范畴》一书的导论中，只是在引证可靠的谱系学家们的言论时，我曾暗示过我的出身门第，并非炫耀和自豪，也非自命不凡。我怎么会这样做呢？我自己用粗笔写下：美德不会被遗传。又用醒目的字体写道：对宗派主义者们来说，出身和门第是实实在在的东西，而对其他人而言则只是一个美丽的传说。麦瓦里[1]和手艺人的出身与门第就是入教和手艺，而非族谱，等等。难道不是这样吗？另外假若我推崇出身，以此来区别个人和国家的话，我不会声讨那些不着调的谱系。同时，也不会转述埃米尔耶厄穆拉欣的故事。一些阿谀奉承的人们想给他编造一个高贵的门第，被他断然拒绝，他说：‘今世的荣耀，我们已经用利剑得到，没有靠门第，至于在来世它是否有用，只有安拉知道。’以安拉的名义起誓，这句话恰如其分，入木三分！哈姆啊，你看我是否解决了你的苦恼？”

“以主的名义起誓，解决了，无可反驳的回答，揭示真相的答案。” 51

“请注意，我在马格里布喜欢称自己是也门人，在东方时称自己是马格里布人。于是，我成了在这个大分裂时代团结的象征。”

伊本·赫尔顿说完就起身离去，临走时，没忘说：未完待续。

伊历四月的最后一个夜晚 52

在这个夜晚，两人坐下，相互问候后，伊本·赫尔顿就开始口述，而没对书记官说要记录，但后者已经埋头速记。

---

① 麦瓦里：加入伊斯兰教的非阿拉伯人。

“哈姆啊，如果安拉让我活着，有一天我会告诉你我生命中最艰难的历程，在马格里布和东方的历程。在这里，我无法忘记自己与精通阴谋、欺诈和颠倒黑白的利萨丁的冲突。在东方，我在那个披着埃米尔或者大臣或者法学家外衣的贝都因人的手上遭受的磨难，永世难忘。在这两个地方，我尝到了粗暴的滋味，虽然缘由各不相同。但是，这不是我要告诉你的，我要说的是我在隐居时参悟到的感悟。

“哈姆啊，你用粗体记下这个感悟：这就是历史，它不会忽视其产
53 物如发展、变化、转变和颠覆。这个感悟始终缠着我，甚至有时我会梦到自己站到它的对立面，至少会加入到御用史学家的行列，从而享受平静和安宁，谋得一生安稳。”

“但是，我怎么能更好地解释人在这个世界上的行为和本质？我如何培养情趣，关注万物的奥秘和奇迹？

“我怎会让自己把时光耗在考证方法上，而将变化置于脑后，天天考证地名，却无视一场场革命和浪潮。

“先生（哈姆注意到一件事），穆拉比特王朝[①]的真正奠基者优素福·本·塔什芬[②]忽视了一个情况，你曾经给我讲过，我可以将其作为实例放在注释中吗？”

“你愿意的话，可以。但是，要记住，艾布·欧白杜拉在谈到马格里布时说，当时的人们并没有多大的变化和转变，而他从未到过此地。他出此言，情有可原吧。但是我呢？请记录，我生活在一个大事件层出不穷，纷争没完没了的时代，我无法无视它的存在。哈姆啊，对此保持沉

---

① 穆拉比特王朝（1061～1147年）：是一个柏柏尔帝国，整个西北非和西班牙曾一度处于其势力范围。

② 优素福·本·塔什芬（1061~1106年在位）：雄才大略，英勇善战，曾几乎控制整个西北非，但其继承者腐化堕落，贪图安逸，无政府主义泛滥，人民反抗情绪日益高涨，王朝趋于衰落，最终于1147年被穆瓦希德王朝取代。

默，需要苏菲超验的能力和装聋作哑的本事，或者干脆与死人为伍，而
我只有与之相反的本领。我仔细考察了历史，在研究中采用了一种新
的方法，即在研究中不会因重视事件而忽视文献考察，也不会因关注 54
文献而忽视对事件的探究，而是将二者置于理性思维之下，不受猜测
和想象之迷惑。以弃世或离世的眼光看待生活——只要我活着，只要我
有一丝气息——我决不会以这种态度去从事历史研究。但是，你千万不
要据此认为我轻视永久的后世或蔑视它，后世具有无可比拟的神圣地
位，在那里没有变化，也就没有历史。”

伊本·赫尔顿突然停下来，好像自己的话题打开了一扇沉重的大门。哈姆抓住时机赶快活动了一下手腕，转了转酸痛的脖子，想如何才能让妻子不再试图理解大师的思想。他曾经想好了许多问题问妻子，从而使她离开厨房，放下干不完的家务和他一起平静而有目的地探讨历史及其意义和经验。他万分谦虚而有点犹豫地说道：“先生啊，自从你让我干这份差事以来，总是敞开宽广的胸怀，聆听我提出的诸多问题和对事物的观察。不仅如此，你还鼓励我提问题，即使它显得多么简单或幼稚。这才是大学者的风范。”

“哈姆啊，毫无疑问，现在你有提问的权利，你问吧，也准备好记录你认为值得记录的回答。”

“我一直在想乌姆·贝宁，我看到，对历史的理解或不懂历史，对她 55
而言都一样。然而，对历史的无知并不妨碍她安排生活、享受现在，哪
怕是享受其中的一些时光。也许，你会说，动物们也生活在一个时段
中，它们没有历史，也不会关心未来。但是，从这个角度，将妻子等同于
动物，打死我，也不敢讲如此危险的言论。照这样，我更不敢赞美历史，
也无法让老婆热爱历史。宽宏大量的大师啊，还有，我读书甚少，所以
无法避免不懂历史，得了活在当下的人们都得的通病——浮躁。”

伊本·赫尔顿想了想，微笑着说：“哈姆啊，你的观察更加坚定了我

的想法：有时，天真、直率的人所讲的真理够学者一辈子研究，他们所提的问题常常让后者不知所措。”

“先生啊，您的这种谦逊，我无法企及，故我就不记录它了。”

“乌姆·贝宁的情况——愿安拉让她长寿——与大部分人们一样，对历史知之甚少，或满足于当下，这没有关系。而你呢，你已超越了个
56 人职业的要求，因为你是一位追究事理的誊写人，你想要弄明白所有的事物。所以，你的敏锐常常让我有兴趣讨论一些重大问题。

“你想让我讲历史经验的难题。请记录，我对这个问题的思考至少经历了两个阶段。其中一个阶段很长，它耗费了我的青年和中年时期。我曾认为历史有诸多益处，它是意义的宝库，是经验的经典。另一个阶段则是当下。我开始怀疑统治者们是否有能力像我描述的那样来揭示历史、思考历史。我看到他们——无论是成功的专制者还是失败的独裁者——都在不加思考地实施统治，他们争先恐后地要忘记过去的失误和错误，或者是试图要跳过它。哈姆啊，他们好像坚决拒绝聆听历史，也就是过去，而它则是警示的园地，是与私欲和本性相悖的标准与规范的载体。难题就在此：老百姓对历史的无知是由于环境影响和生活所迫，而统治者却希望不了解历史，怕过去成为思考的负担，或者不想让充斥混战和伤痛的过去成为自己的历史。那么，历史学家该怎么办？”

哈姆以为是在问他，赶快闭上嘴巴，以表示无法回答，当看到先生继续在讲，便长长舒了一口气。

“哈姆，请记录，面对这个难题，历史学家分成三种：第一种人，他
57 压根就没想过这个问题，他只专注于收集信息，不会思考，也不会考察其真伪。第二种人，他了解经验难题，但由于担心传统的势力和生活无着落而选择放弃或无视。第三种人，他勇于面对这个难题，并以极大的耐心来解决，希望以此来改善统治者的思维，让年轻人和学者们从历

史学及其经验中获得教训。

“但是，你当然是第三种人，你认为大多数历史学家都或多或少地偏离了历史学科的目的吗？

“都有份！怎么不会呢？！据说，有人问一个靠历史吃饭的历史学家——这种人太多了——你怎么变成了权贵和素丹宫中的靠枕①？他答道：‘我的思想被他们的权势遮蔽，我的肚皮还得靠他们的餐桌。’”

哈姆差点笑得背过气去，他连忙求安拉保佑自己不要像阿谀奉承的人们一般。这时，他听到先生略带苦涩而疲惫的声音：

“历史学科毁在了这些以此谋生的职业历史学家的手上了，他们和军人、书记官及探子一样，与御用文人和其他侍从无异。在他们那里，真相不是我们苦苦追寻的东西，而是权势的喜好。他们常常惊叹权贵的行为，好像它就是真理本身。但是，在这个世态炎凉、素丹专权的时代，58
我们能单单埋怨他们吗？他们有选择吗？”

“先生，你的问题太大，我回答不了，你自己是历史学家，清楚这门学问的曲曲道道，还是你自己回答吧！”

“请记录，愿安拉祝福你，我不是说所有的历史学家都这样，我只是说那些历史学家，他们像膏药一样贴着权贵，靠贩卖信息和谣传谋生，耳中只听到金币的声音，眼中只看到权贵们的挥霍和无度。我指的只是这些人。他们用笔讨好不义的权贵，用漠视和兜圈扼杀自己的心智，于是失去了揭示真相、了解人民疾苦和国家危机的能力。哈姆啊，诱惑太多，有人因贪婪和欲望而无法拒绝，有人却因坚持良心和知识而视之为猛兽，望风而逃。”

“先生，你就是望风而逃的人。”

“不要把我当作仲裁者！我不接受，那些研究我为何奔波于各个首

① 权贵和素丹宫中的靠枕：意为招之即来，挥之即去，没有原则。

都和不同城市间的人们也不会接受。我只是内心向往低调和无声。因此，每当受到嫉妒和陷害时，逃避常常是我的选择。实在不行，就外出
59 游学或去朝觐。对想要从暴政中逃命或试图保持良知的人而言，这也无可厚非。”

伊本·赫尔顿示意今天的谈话到此为止，但他强烈地感到自己并未全面和详细解答历史经验的难题，他希望以后在那个聪明的书记官问起时再讲。

60

伊历五月的最后一个夜晚

大师与书记官坐下来，仆人端上一盘椰枣和一碗塔粒槟[1]，像往常一样，屋内幽静而安宁。但这次多了几根蜡烛和一盏新的宫灯。两人开始漫谈，哈姆首先给先生讲了一些百姓和素丹的情况，讲百姓的生活艰难，讲到老百姓编排了许多关于大人物的段子，以排解心中的不满。忽然，伊本·赫尔顿直起腰端坐起来，好像想起了什么，他说：

“哈姆啊，你的这番话坚定了我曾思量已久的一个观点。你记录。古埃及原来没有宗派，只有统治者和百姓，而这里的老百姓并不比其他马格里布地区的老百姓活得自在。那么，不能把所有的灾难都归结于
61 宗派主义，也不能将其普遍化。你提醒我一下，以便我在谈到这个问题时补上。

“今晚更需记录的是我更广泛的探讨某些问题，这些新的蜡烛和宫灯是个好兆头。但是，唉！愁啊！到这个年龄，身体每况愈下，思维也不似从前清晰，致使不断出错和想偷懒。因此，你经常看我午饭只吃塔粒槟，我希望其中的椰枣、牛奶和蜂蜜能保护我的胃，也使我不必吃可能

① 塔粒槟：一种由鲜奶、蜂蜜和椰枣混合而成的饮料。

有损肠胃的其他食物。你尝尝，要感谢沙尔巴，是他调制的。看看他怎么就能成功地调制出药物！但愿我像他一样，能调制出一杯社会与历史的良药。”

伊本·赫尔顿喝完了塔粒槟，擦完嘴，开始以夹杂着马格里布人特有的口述方式进行口述：

“我已步入老年，但我感到内心有一团火，阻止我以现在的年龄看待今世。生命中朝气与青春不可或缺。否则，一切变得毫无意义。因此，虽然年龄不小了，但我并不想专心思考后世之事。

“哈姆啊，我先前给你讲过宗派主义的种种缺点，今天我想给你讲
讲它的优点。虽然，我仍然在研究它，也许不太成熟。但是，我应该阐述 62
那些政治学家和伊斯兰统治者的谋士们，甚至‘理想城’和典范政治的哲学家们[1]都不以为然的观点。我多么想和他们一样以记录历史开始，然后以必然的结果结尾，这太容易了！我也多想用诸如巴奇尔扎慕贺、木巴赞等波斯哲人的妙语和印度智者的警句，丹尼尔和荷马的故事，或者希腊政治思想家的观点来编织历史，但这非我所追求。尤为重要的是，历史大家和学者们不会从这样的历史中获得什么，他们的劝诫不能丝毫改变这个世界，他们只是在瞎撞，没深入思考，他们幻想，但无益。

“我追求的方法是寻求应有的规律，而非发现未知的事物。我先前闯入的领域——了解文明和事件的本质。我曾为此竭尽全力、耗尽毕生心血，致力于得到符合感性和理性的结果。据此，我今天应该修正一些观点，走出武断和偏执。

“今天，我考察周围的事物，看到种种迹象和现象，从中只得出世风
日下的结论。正如我所述，城市人普遍道德沦丧、不知羞耻，为钱而不 63
择手段，所有的心思和手段都用在这个方面。但是，谁又能指责这些人

① “理想城”和典范政治的哲学家们：指古希腊哲学家。

呢：穷困潦倒，失望之极，无奈之下，受求生的天性所致，违法乱纪，胡作非为？！我总结出比这更可怕更苦涩的结果——颓废与消沉在当今各国的统治者中间蔓延，这些国家只剩下强权、享乐和苛捐杂税，扼杀希望与期盼的暴政的表现，也预示着文明崩坏、国家解体。

“这些都在《历史绪论》中有详尽论述。今天，我只想用我的痛楚来为此做个脚注，因为我看到情况一天比一天糟糕。

“哈姆啊，你看看今天这些由哈夫斯人、阿卜杜·瓦迪人和马林人在马格里布建立的国家，你看看，和我一道算算，他们是争先恐后地奔向
解体和崩溃。你和我一道比一比，就会特别想念在遭到惨败之前强大
64 的穆瓦希德王朝[①]。唉！今天的素丹们连独裁方面都显得如此渺小，那
么令人失望！在国家事务中他们显得多么无能！在玩阴谋耍诡计方面
却个个是大师。

“研究一下当今这些素丹们，可以说，独裁有两种：一种是埃米尔成功地独享权力，却能很好掌握恩威并重的火候；另一种则由于个人软弱和大臣弄权而失去威严，只好借助赤裸裸的暴力。第一种算是成功的，可以在特定的环境有存在的必要；第二种是完全失败的，却存在于除上面所述阶段的国家生活的不同阶段。我认为艾布·萨利姆素丹——我曾翻阅了他的事迹，也曾为其写过一些肉麻的诗歌——我称之为‘失败的独裁者’的典范。他在彼得王的帮助下夺回王位后，毫不顾忌地实行暴政。他曾将自家兄弟、侄子和所有与他有亲戚关系的亲王及杰出的人都扔进海里处死。之后，受哈推比·本·穆尔祖戈法学家的影响稍有收敛。我当时是其书记官之一。正如伊本·海推布所记述的那样，当艾布·萨利姆感到不知所措、惶惶不安时，便要求伊本·莱麦丹编一本施政参

① 穆瓦希德王朝（1147~1269年）：穆拉比特王朝被推翻后建立的另一个柏柏尔王朝，曾将北非和西班牙置于其统治之下。1212年，穆瓦希德军队被基督教诸国联军打败，其在西班牙的领土被基督教徒所占。

考书，即《善政群星》。而艾布·萨利姆时代的老百姓已经被苛捐杂税和无度的榨取折磨得奄奄一息，无力反抗。碰巧，这位素丹收到了马里国王送来的礼物，其中有一只长颈鹿，围观者惊叹不已，诗人们连忙赋诗献辞。在这个事件中我看到了苏丹国崛起的表现和马格里布人走向没 65
落的迹象。后来，在基督教军队统帅加西亚·安东尼的帮助下，艾布·萨利姆的大臣欧默尔成功政变，看到了装在篮子中的旧主子的人头。此后，这位大臣开始是以影子埃米尔塔什芬的名义，后来以一个傀儡埃米尔艾布·齐亚的名义统治国家。他被阿卜杜拉素丹杀死后，国家才从其统治中解脱，而后者使马林人重新成为统治者，尽管时间也不长。

“我为什么讲这些？主啊，你坚定我们的信仰，唉，我想要说明，一旦国家进入独裁阶段，所有缺陷都会暴露无遗。它有可能成为年幼的埃米尔们手中的玩意儿和取乐的把戏。利萨丁曾给我讲过艾布·阿南的儿子、年幼的素丹赛阿伊德，他邀请利萨丁参加宴会。利萨丁说：‘我只听其声，不见其人。我知道，小埃米尔常常在大臣们面前翻跟头，或躺在地上装小鸟让妈妈喂食的游戏，一双小脚用指甲花染得红红的，屁股外露，披头散发，还嚷着要把箭当灯芯点着。’以我的宗教起誓，这只是一些王位继承传统的弊端。只有安拉才是真正的强者。”

伊本·赫尔顿故意停顿了片刻，好让书记官休息一会儿。他叫沙尔巴拿来一壶奶，然后挪了挪身子，靠稳坐好，时而凝视地下，时而仰望屋顶。哈姆则像往常一样，稍加休息，放松一下指关节，看看笔和墨。 66

“哈姆，我们开始吧。”

“开始探讨如何走出历史对我们的报复。”

“说得好！无疑，一些伟大的素丹们曾试图打破瓶颈——历史怪圈，有人用调节赋税、减免税额、建立公平；有人用关注民生、恢复国力；有人则用打击宗派主义、建立职业军队等手段，这些都是选择，而后来的素丹们却不顾环境和时代加以效仿。也许还会出现改革者，想通过效仿正统哈里发们的国策来进行改革。我想，说不定在马格里布会出现一个强大的素丹，要北上和东扩，以图黑人国家的财富。也会有素丹认为，解决的办法只有用奴隶组成的军队来保卫家园，这支军队只服从他的命令，完全听他调遣。

“但是——结果是教训之源——历史证明，这些改革寿命不长、气数很短，很快就被独裁和贪婪吞噬。

“至于扩张，历史证明，大部分情况是潮落潮起，有时会导致中央政府分裂和解体。

67 “关于用奴隶组成强大的军队，历史证明，这些人以后就成了国家的主人，人民的统治者。在伊斯兰教条中将国家事务交予奴隶不是耻辱，耻辱是这些人比他人更重视宗派。看看当下的这些布尔吉系奴隶素丹和以前那些伯海里系奴隶素丹们，你心平气和地看，看看他们因对穆斯林不放心而将人权和财权交给犹太人和基督徒；看看他们如何用剑解决内部的矛盾，于是大人物之间的杀戮不断；看看他们治下的法官和教师们，看他们如何整天琢磨着任命这个、将那个革职，正如在我身上所发生的那样。这些都是从善玩阴谋、心底冷酷的法学家们那里学来的——那些设计陷害伊本·泰米叶[1]的人们。

“就这样，一切努力都成烟云。问题依旧——如何走出历史对我们的抱怨。顺便提一下，有一天，伊本·阿拉法特——一个阴险而爱嫉妒的家伙——派人来我家，对我大叫大嚷，说：‘你在研究解决的方法，它就近在咫尺。’这位突尼斯仁兄指的是回到‘赛莱夫’[2]和正统哈里发时代。显然，我无法逃避对这些虔诚但头脑简单的人们的胡言乱语做出回答，我在《历史绪论》中表明了我的态度，但有谁读过？又有

① 伊本·泰米叶：著名的伊斯兰复兴思想家，1263 年出生于美索不达米亚的宗教世家。因提出一系列宗教复兴思想而受到不公正待遇，1328 年 9 月 6 日在狱中病逝。

② 赛莱夫：先知及其弟子和再传弟子时代。

谁引以为戒呢？

“历史进程告诉我们，我们必须将早期伊斯兰和派别林立的伊斯兰加以区别。前者是追求理想和真理的时代，它打破了自然规律和历史 68
感性经验，它的力量源自安拉的教导和《古兰经》的奇迹。但是，这个时代只持续了四十年，之后变成了伍麦叶王朝。于是宗教情感淡了，伊斯兰被肢解了，进而被宗派、教派和政党代替。难道没听先知曾说：‘我之后，哈里发制度只会存在三十年，然后就会变成完全的王朝。’

“我，我记录这个在伊斯兰生活中令人痛苦的区别，而没追究谁该为此负责。回到纯粹的伊斯兰时期已不可能，于是，我努力寻求无法否认的真相和历史变迁的原因。关于敏感的哈里发制度问题，我不想涉及，但我认为每一种选择都有对的地方。其中的奥秘在于：良知和私欲是推动政治和历史的两大动力。

“简而言之，随着早期伊斯兰所拥有的种种奇迹和曾经目睹这些奇迹的圣门弟子们的离世，宗教色彩越来越淡，奇迹不复存在，权力又回到了原点。

“我的这番言论，都有历史事实依据，为了更加清晰，我做进一步说明：我们信仰的宗教肯定是伊斯兰教，关于个人身份事务、遗产继承、宗教赠产等的律条则源于伊斯兰及其原则，但创制是必需的，在类似这些的细枝末节的事务方面，要考虑特殊情况，时代环境，要以意见派的 69
领袖艾布·哈尼法为榜样，他在谈到赛莱夫时说：‘他们是英雄，我们则是好汉。他们曾经创制，我也会像他们一样进行创制。’多么富有智慧的言论！多么深刻的教导！

“至于那些昏庸的法学家和一身腐朽味的老学究们所言——只是信口开河——‘解决的办法就近在咫尺’，可以从几方面予以反驳。首先，伊斯兰国家已成为一个多民族的国家，有阿拉伯人、波斯人、土耳其人、柏柏尔人、蒙古人和奴隶。所有的人都说在维护伊斯兰，在遵循它的指引,但却无法美化自己的丑恶,无法掩饰个人的缺点。其次,权力斗争中对伊斯兰的利用是对伊斯兰的真正伤害。权力斗争是各种愿望、诉求和欲望的碰撞,它曾导致除艾布·伯克尔之外的其他正统哈里发被暗杀。第三,早期伊斯兰的情感只存在于热爱它的人们中间,他们以伊斯兰的价值观和权利抗议权势,唤醒良知以及提高人们的意识。

“哈姆啊,政治是一种信托,是一种委托,它只能运行在监督和透明之下。任何人没有权利将其据为己有,由代理者变成统治者,或以神
70 权的名义恣意妄为。否则,历史就是强权和暴政的记录,有悖经训教导和理性常理。这就是我看到的这个时代的情况。‘我们的主啊!你必定知道我们所隐讳的和我们所表白的。’(14:38)

“你认为我清晰而细致地解答了这个问题吗?——一个敏感的问题,人们常常为此相互掷鞋和谩骂,但会认真研究吗?未完待续。”

71 伊历六月的最后一个夜晚

这晚的会谈在两人之间开始后,哈姆强烈感觉到面前的这个人是一个思考机器,日夜运转,不知疲倦。因此,他想把他拉到一个无需思考的话题,如一些生活中的趣事和琐碎之事,以使其得到片刻的休息。尽管是他挑起了这个沉重的话题——历史经验,也许心里埋怨自己的妻子,都是她想不通要问。还没等他张口,就听伊本·赫尔顿开始口述:

“哈姆啊,显然,我先前对历史经验和历史变迁的回答也许未能满足你的要求。你曾带着妻子的观察问我,若历史经验未被重视,其教训未被汲取,研究那些变化和变迁有何意义?这个沉重的问题一直萦绕在我脑海中,无法挥去,而现实和岁月更使我无法摆脱对此的思考。”

哈姆以为机会来了，他想让先生听听乌姆·贝宁讲的一些笑话和逸 72
事，以便使他那永不停歇的头脑得到片刻休息。但伊本·赫尔顿好似看穿了他的心思，用忧虑而睿智的眼光看着他，说道：

“哈姆啊，幽默讲完，难题依旧。只有极少数人会思考结局和归宿。我不会埋怨普通人，因为我看到统治者个个只顾自己，胡作非为，而不理会后人如何生存。我必须坚持研究，必须坚持思考，假设会通过思考找到出路，我每天在念：‘我们的主啊，你没有徒然地创造这个世界’（3：191），你没有徒然地创造我们。但是，哈姆啊，在假设之前先记录现状。你要知道，了解时代是每个改革者和管理者的义务。我在《历史绪论》中对此进行了详尽阐述。今天，我只讲其意义。哈姆啊，现实多么严峻！情况不容乐观！

“强取豪夺的主力军——尽管程度不同——往往是或独裁或软弱的素丹自己，而强盗和酷吏围在其周围，地主、财主和领地主们四处游荡。无论朝代如何更迭，只要宗派主义存在——灾难之源——这一情况
就不会改变，即使腓尼基人走出坟墓，他们仍然会重蹈覆辙。至于老百 73
姓，唉，只有认命，任恣意妄为者胡来，独裁权贵们蛮干。

“国家内部结构早已崩溃，我怎不担心西方十字军的进攻，东方蒙古人的入侵呢？！

“我的预测——真可恶——无法让我乐观，我亲眼目睹了种种事件，听到了各种消息，这些都预示着灾难即将来临。我看到，我们的港口受到葡萄牙人的侵袭，我们的地区遭到法兰西人的进攻，我也看到，我们的破洞越来越大，听天由命到处蔓延。于是，感到心已裂成碎片，只有求伟大的安拉降下怜悯。

“哈姆啊，这是现实，我只简要地讲给你，否则，严峻的现实会让我更加悲观，我曾说：‘过去与现在何其像，水与水——没区别！’但是我的悲哀——你用醒目的字体记下——在于安拉赐给我勤奋而非懒惰，

面对而非逃避，虽然现实令人沮丧，但我仍然扛起这个命题，并为此彻夜难眠。哈姆啊，重复一下你的问题，我来回答。”

“先生啊，如我所记录，问题是：若历史经验未被重视，其教训未被汲取，研究其变化和变迁有何意义？”

“在《历史绪论》中我对此浓墨重写，以期找到原因，作为例子，我
74 讲到了文明的积极和消极两个方面的统一，文明是国家的目的，却也是其灭亡的迹象。对此的论述，我主要依据我曾经生活过的马格里布为实例，以避免以偏概全，避免以我正在努力了解的东方地区为据而妄下结论。今天，我已度过人生的几个阶段，我认为自己不会放弃这个问题，不会满足于我以前的论述：对历史经验的漠视，是因为沉重的赋税、素丹和大臣们的压迫，或是人性败坏的原因。从这些中我似乎离结果越来越近。它的例子就像贝都因阿拉伯人的现象，或是一场大瘟疫的现象。我好像用这些原因掩盖了更全面和更深刻的原因。当我强烈意识到这个失去或被遮掩的环节时，我认真思考了许久，发现人类社会没有从时代变迁中汲取教训，文明一方面是历史生活的意义，另一方面却是这个意义消失的地方。

“两年多来，尤其是我妻子和孩子们在海上遇难后，我失去了研究类似今天的这个复杂问题的兴趣，甚至连无法体验吃喝与情欲的暮年
75 老人仅存的一点爱好都没了，我指的是，听趣闻逸事，天上的、地上的，如今天月食了，昨天日食了；这里发生了地震，那里发生了火灾。在我眼中，信息只是重复的词句，毫无意义，事件只是一种规律，直到末日来临！我曾常常重复沙卜里的这句格言：‘过去的一千年隐于来临的一千年——这就是时光，万万不可被幻象迷惑。’”

伊本·赫尔顿将“万万不可被幻象迷惑”说了好几遍，好像它是苏菲的密语或是宗教念词，他闭着双眼且富有情感地重复着。哈姆提起笔，不知如何是好。突然，朗诵声停了，屋里一片寂静，只有书记官翻

书的沙沙声，好像今天的会谈即将结束。忽然，传来一个洪亮而忧郁的声音：

“哈姆啊，在离开之前，请记录，记录这些原因，我怕它稍纵即逝，或怕其耀眼的光芒使我致盲。历史经验的废弛和危机不断的根本原因在于历史根本的腐朽和历史阶段的作用力；在于这个根本本身的缺陷——它有规律而不断重复，同时经常带来毁灭和破坏；哈姆，在于宗派主义本身。”

哈姆的手发抖了，他抱歉地说：“对不起，先生，请原谅我把墨洒在了纸上，你的最后一句话使我茫然和发晕。”

“没关系，哈姆啊，其实，它让说的人也头晕。但当事实和真相从混 76
乱与混沌中喷涌而出时，我们怎么办？只有敞开胸怀和思想迎接。不是
这样吗？”

“对啊！但是，先生，你也不必为这个思想——你的学问的核心——耗尽生命。宗派斗争、暴力，其最终目的仍然是权力和王土，我看，这是不变的规律。”

“对，这个本身应该改变。历史应该有更好的根本或更优质的种子，以便结出累累硕果。否则，就不必研究历史经验，也不指望有何进步。如谚语所说：鲁格曼的宅子——依旧。如果在统治者中间宗派仍然存在，情况会更加糟糕。关于这个问题，我写了不少文章，但我并未将自己的观点抬上神坛，也许从描述、整理及时代变迁见证的角度，值得一读。

“宗派危害极大，你和我一起看看其结果，你就会明白我所言。首先，当国家步入享乐阶段时，发现自己处在这样一个尴尬的境地：奢侈的生活、军费开支、行政支出节节高攀，而稳定税收却成问题。解决的办法只有加税和多抽过境税，显然，只要征过头，肯定无益，会导致造
反、农夫逃荒、工匠弃职。 77

“其次，由于百姓抗税、武装团伙肆虐，国家收入会锐减，从而导致素丹将所有的宝押在外资合资上，并将国家变成一个大市场，然后开始依靠海上贸易带来的利益。这样，外国商人得到许多贸易和运输优惠。然而，为了减轻国库收入锐减问题而出台的这两项措施，由于外商的垄断，肯定会使本国商人生存更加艰难，同时，会激起伊斯兰卫士们的愤怒。

“第三，在这种情况下，国家不得不进行改革，而这本身却是最大的矛盾。我们看到，为了解决经费问题，只得裁军，因为此时的军队完全变成了雇佣军，军人只以合适的价格出卖服务。显然，这个举措更危险，因为它会削弱军事力量，导致国家受到内外威胁。一旦采取这一举措，会让自己的弱点暴露无遗，于是会被另一宗派推翻，建立新的国家，如此循环，区别只是时间长短和国家形态而已。

“我不认为，相较我以前对此问题的研究，有新的发现。但是，现在值得再次强调：宗派——无论是先天的或者是后天的——是个癌症。部落存在于统治阶层和普通政治生活中，这才是真正的灾难。

78 “哈姆啊，你曾问我，也许别人问过我，如果说，宗派是灾难的根本，那么，除了它，我们以什么来推动历史的车轮？

“真的，它确实是最重要的问题！此前，一直萦绕心头，有时使我无法入睡。但是太多的俗事让我无暇顾及，我不认为，今天我能完全回答，因为我依然未能走出生活的阴影，伤痕未愈。可是，请记录，我相信对人类生活无益的东西必须消除，也相信我能找到解决的办法——有益而丰裕的宗派。那些无益的东西体现在以下缺陷，这只是举例并非全部：在夺取权力时的血缘关系；政府机构中使用雇佣和麦瓦里；无论成功与否的独裁；政治依靠腐败而老奸巨猾的政客；以溜须拍马而非能力选择官员；经济困难却不懂勤俭；城市人生活糜烂等；这些都应坚决制止，严加防范。除此之外，我好像曾在《历史绪论》中讲：‘一旦创新

停止，希望破灭，理想消失，那光明之灯就会熄灭，希望之星就会陨落，人人皆如行尸走肉。'

"至于解决的办法，我只找到了部分，并非全部。我祈求安拉，消除
我的忧伤和烦恼，以便我深入思考，思考这个以协商、推举和协定而闻 79
名的伟大民族的未来；思考国家正义和公平；思考道德在个人与公共事务中的角色。这些都是需要植入人心的思想。即使为必须存在的灾难——素丹——着想，使他不再专横和迷茫。我祈求安拉使我尽快找到，就像多年前，在伊本·萨拉姆的城堡中我找到的那样。那是一个平静的地方，是愿意思考的地方，是研究正题的地方。在那里，我曾思索国家、文明以及人类社会出现的种种现象。我请求安拉再次赐予我自由的空气和与世界之灵合为一体的静思，以便找到今天正题的答案。"

祈祷预示着会谈结束，哈姆喝完剩下的牛奶，像往常一样，将纸与笔收入大袍的袖中，然后道别离去。

伊历七月的最后一个夜晚 80

这一夜的会谈开始，伊本·赫尔顿和书记官两人谈到了蝗虫袭击了法尤姆城，已逼近旧开罗城和开罗；谈起尼罗河水下降，出现干旱。两人捧起双手，祈求安拉降下恩惠和饶恕。之后，书记官保持沉默，示意他已准备好做记录。

"哈姆啊，恐怕今晚的纸张是白的，空中飞舞的蝗虫好像穿过了我的思想和肢体；水位下降的尼罗河使我更加忧郁；我无法思考，脑海中尽是田野的龟裂和残缺的庄稼。求安拉襄助。

"过去，马格里布遇到了百年不遇的灾害，看到那些自私的权贵们
在荒年纷纷囤积粮食和食油及其他食物，或将其以高价卖到他国；我曾 81

经看到种种罪恶，当时我年富力强，有能力和激情使自己免受其害。而今天，我的思想趋于平静，这些现实灾难的信息只让它更加消沉，它只好让位于认命和圆滑。”

“愿安拉襄助你！但还有两件事得办：一件是独到见解，另一件是如何突破瓶颈。”

“你说说第一件，第二件等我朝觐回来后再说。”

“第一件是：古埃及原来没有宗派，只有统治者和百姓，而这里的老百姓并不比马格里布地区的老百姓活得自在。那么，不能把所有的灾难都归结于宗派主义，也不能将其普遍化。”

“亲眼目睹和实地考察是我来这里（埃及）的原因之一。我认为，我还没有完全了解埃及，所以，你不要转述我对此的言论。但是，我认为，埃及没有在马格里布地区遍布的武装割据，这从根本上来说，有利于国家建设和取得成绩，因为它有充裕的税收，充沛的尼罗河，以及安定的环境——极少发生叛乱和暴动。但是，马穆鲁克王朝建立在血亲和
82 内部忠诚之上，所以，它因内部纷争和所建立的秘密警察体制而无法推行改革，从而无暇顾及百姓的权益和诉求。就这样，它终会在入侵者的手上终结。这些是我可以说的，当然还有很多。”

伊本·赫尔顿看了一眼书记官，示意他不要记录，紧接着说：“还有一件令人苦恼的事，我说出来，心里会好受些。”

“说吧，先生，我的心为你敞开，手中的纸张为此合上，我希望与你分忧。你刚才对马穆鲁克的言论，我会将其埋入心底，让秘密警察彻底失望。”

伊本·赫尔顿脸上显出信任和放心的表情，他继续说：“你要知道，哈姆啊，我曾在宰桐、盖勒万、欧巴德等城的大清真寺和爱资哈尔大学讲学，现在仍然在巴尔古盖的大寺里讲学。每当我结束讲座，看到人们以赞许和尊敬的眼神望着我，这时，感到自己像个学者，受人欢迎。但

是，上个星期四，在我的学生中多了两个人，我以前从未见过，他俩交替向我提问。我记得，当时我结束了有关《马立克圣训辑录》的讲座，其 83
中一人问道：

“‘老师啊，如果安拉的教导和他的使命是统一的，那为何会出现学派，而且主张各异？’

“我回答说：‘首先，你背背穆阿兹传述的关于创制的“圣训”。另外，你要知道，学者们的分歧出现在枝叶问题，而非根本问题。最后，分歧本身是安拉仁慈的体现，是人类不同地域和不同生活环境的反映。’

“第二个人问道：‘老师，你曾解释说，马立克学派在马格里布地区的成功传播有两个因素：第一，去麦加朝觐，同时走访麦地那——马立克教长的出生地和其学派的发源地——为马格里布人和安达卢西亚人提供了一次直接与马立克学派接触的机会，从而，使其不受伊拉克诸学派的影响；第二，希贾兹和马格里布地区的生活环境与方式相近，从而使人们更容易接受简单易行的马立克学派。我的问题是，还有其他更深刻的因素吗？’

“我答道：‘在上节课——我没见到你和你的朋友——我曾分析了一个与前两个不分上下的深刻因素，即它体现于马立克教长在其法学主张中对麦地那人们的行为和习惯的重视及其定位。特别体现于他对在买卖关系中‘估摸’[1]的否定，因为其中包含欺诈和侵害……’

“第一个人打断我的话说：‘在赞扬马立克方面，有许多不实的宣传和杜撰的“圣训”，人们乐此不疲，但是，马立克学派在马格里布地区成 84
功传播的真正原因是统治者的强制，这是马格里布当地的大学者伊本·哈齐牧的主张。求安拉让我们从其学问中受益。’

“我答道：‘伊本·哈齐牧的主张不是你说的那么简单，如果你已知

① 估摸：即以明确的金额买卖数量不明的货物。

道其中的真正原因，何必问我？’

“第二个人说：‘我们看到真正的也是最终的原因是：先知穆罕默德是封印万圣之圣，艾哈迈德·本·罕百里教长是众学派的封印者，是其终结者，这是伊本·泰米叶教长的话。’说着，他从口袋中拿出一张纸，开始用戏谑的口吻念《历史绪论》中的一段话：‘艾布·菲尔哲法官写了一部音乐和歌曲的书（《乐府集》——译者），其中收录了阿拉伯人的历史、诗歌、系谱、战争和国家。他不仅用哈里发拉士德的歌手们所用的音律写就此书，而且效果极佳。以我的宗教起誓，它是阿拉伯人的诗集，集合了他们在诗歌、历史、音乐等方面的最高成就。据我所知，目前还没有任何著作可与其比拟，是文学家追求的最高境界，唉，太难了。’

“这时，此人评论说：‘老师啊，你对这个作者的赞美读完了，而这本书全是丑事和罪恶，你的赞扬说明你不配做教师，更不配做法官。
85 我们求安拉襄助，襄助我们免受这些该烧掉、不能传述和学习的言论的蛊惑。’

“接着他们忽然站起来，向我扔来一个卡片，当看到众人发怒时便抱头而逃。

“我拦住了众人，要他们保持冷静，并许诺要作一场讲座，专门讲《乐府集》及其相关问题，以让人们理解我讲此话的真实意图。然后，我瞥了一眼卡片，发现上面写着我从未听过的指责、谩骂和诽谤，如：‘你对沙利亚学科[1]一窍不通，住在河边贪图享受，经常听淫曲和情歌。’”

哈姆听得全身发抖，连连诅咒这些泼皮和无赖，说道：“世道坏了，这是职业诽谤者和造谣生非者得道的时代。先生啊，你是一位尊贵而坚毅的人，你不要理会这些坏蛋们的胡说八道。”

“这些流言蜚语让我辞掉了法官一职，现在又想让我放弃教学。但

---

① 沙利亚学科：指伊斯兰宗教学科。

是，尽管如此，我感谢安拉，更高兴感觉到离见他的日子不远了。”

大师沉默片刻，长叹一声，又恢复了以往的乐观。

“刚才我给你讲的令人惋惜，但我与一些突尼斯学生间发生的事有 86
过之而无不及。你好好听，认真记下。

“哈姆啊，你知道，我在《历史绪论》中讲过符咒和魔术。关于这个问题，我作了两场讲座。一场讲化学，说明这些只是一些术语，是一种骗人的把戏，骗子们声称能把不值钱的金属变成黄金和白银，他们把认为能变宝石的东西，如动物的死尸、粪便、血等放在炼金石上，骗人说会将它变成白银，再通过加热变成黄金，或先变成铜，再变成白银。第二讲是关于寻宝，干这活的都是一些脑子有问题的人们，其中有许多无法正常谋生的马格里布地区的柏柏尔学生。

“这两场讲座引起三个学生的回应，它好像是一种普遍现象，让我吃惊不小。

“第一个人说：‘老师啊，像贵重金属一样的东西本身就不会消失，即使主人消失，它仍然会存在。古埃及人有用贵重物品陪葬的习惯，而其他民族如古希腊人、波斯人和罗马人都有保存遗产和贵重物品的方法。所以，世界的宝藏是存在的，只是埋在地下。’

“第二个人接着说：‘老师啊，无目的的钻探不会有任何结果，所
以，一定要假设这些宝藏有精灵们守着，他们日夜守着其秘密。这就需 87
要通过类似密码的语言如熏香、草药之烟和祈祷词及咒语等和他们取得联系，让他们交出宝藏的钥匙，或指出财富之地和富裕生活之源。’

“第三个人说：‘宽宏大量的老师啊，寻宝失败的原因不是寻找本身，而是没念对咒语或精灵太顽固。’

“我记得这些学生所说，后来人们告诉我，他们也是寻宝人，但我不记得当时的回答。第二周，我接到一个字条，上面写道：‘寻宝的学生致老师的一封信：你用最丑的形象来描绘我们，愿安拉饶恕你！其中最厉

害的是说,我们无法正常生活。但是,你给我们指条正常生活的出路!你自己曾说:大多数情况下,只有阿谀奉承和溜须拍马者才会有好日子;又说:从事宗教工作的人如法官、穆夫提[1]、教师、伊玛目、演讲师和宣礼员等大多数是贫穷的;你还说:务农是下层人和贝都因人的生计;等等。老师啊,就这样,我们无法找到正常生活的途径,只好去寻宝,希望能致富,即使有多困难,也在所不辞。'

88 "真的,这个纸条引起我的反思,反思自己对从事骗术和魔术等问题研究不够。当时如果我深入思考,肯定首先从社会和存在的角度去关注这些职业。如果我认真思考,我就会从寻找宝贝的现象中发现一种绝望的努力,让大地把其宝藏交给这些成天梦想发财的人们。假若我深入思考,我会看到这些都是真正贫穷的标准,也说明流通的金银少,从而使其成为人们追逐的梦想。还有,我曾记录,这个现象在一个从寻宝者那里抽税的国家里蔓延。"

伊本·赫尔顿看了一眼哈姆,发现他在偷偷记录,于是笑着提醒说:"哈姆啊,我不让你记录,你怎么不听呢?难道连我的一些题外之言和废话也要记录吗?"

"不,不是废话,是散落的珠玑,我需要先记下,再把它串起来。"

"放开手吧,把你的砂锅往我跟前端端,让我尝尝。我已饿了几天,也该吃一口了。"

"这是乌姆·贝宁做的,她专门送给你尝尝的。"

89 "求安拉赐她健康。"

伊本·赫尔顿看了一下砂锅里的食物,一块煮熟的肉,周围是大豆和朝鲜蓟,并用橄榄果点缀着。他用一块饼沾了一下,很享用地吃起来。刚吃了几口,便赞不绝口,尤其重要的是这道菜让他的胃不难受。

---

① 穆夫提:教法说明官。

他忽然想起哈姆的妻子以前做的饭菜，便问哈姆："哈姆啊！你妻子的菜，虽然有油，但我的已坏的胃却能接受，为什么？记得上次你带来的是蛋汤，我吃后一直担心胃痛，却什么也没发生，其中的奥秘何在？"

"先生，问得好。我只知道，乌姆·贝宁是在非斯的亲戚们公认的好厨师，她对油和调料把握得很好，而且只用上等原料。但是，我看最重要的是上等阿根油，是易歌灵格力的亲戚们在朝觐路过埃及时带来的。

"海诃(哈姆的家族)人的阿根油、蜂蜜、气节和聪明都是非常重要的事，有时间的话，我们谈谈这些，谈谈易歌灵格力及其著名的器皿。"

伊本·赫尔顿祝福书记官和他的妻子，祝福意味着这次会谈结束。

伊历八月的最后一个夜晚 90

哈姆走进雇主的家，悄悄地坐在自己常坐的地方，静候大师做完宵礼。当伊本·赫尔顿做完礼拜后才发现书记官已经来了，这时他一边问候，一边靠近书记官坐下，将阿拉伯头巾缠在头上。

"哈姆啊，礼拜是心灵的灵丹，不必过分，但不可怠慢。"

"先生啊，我有时去清真寺和人们一起做礼拜，有时和妻子一道在家里礼拜。不瞒你说，我最大的享受就是在家带着妻子礼拜。"

"若不是书籍，我将会把大部分时间花在礼拜上，希望借此排遣忧愁和纷乱的思绪。以我现在的状况和这一把年纪，礼拜是最好的安慰，它使我忘掉今世，让我翱翔在后世的天空。诗人曰：

> 虚度年华无归宿，依恋红尘多烦恼。 91

"为排解不断沉积的忧虑，我准备去朝觐。我希望，在那个神圣的地方，安拉让我的思想得到升华，让我的心灵得到洗涤。我希望圣地能消除罪恶，驱走阴霾。我渴望斋月的来临，渴望得到它的帮助。而现在呢？

现在我们去阳台,欣赏尼罗河,畅所欲言。”

在阳台上,两人坐在铺好的地毯上,中间点着一支粗蜡烛,天气干燥而温暖。尼罗河中倒映着夜空的星星,泛泛点点,一轮圆月不知是挂在天上,还是落在水中。

“哈姆啊,若不是这个阳台,我肯定无法在这里待两年多而不出去。有时在夜晚,我在这里坐一两个小时,夜晚送来阵阵微风和新鲜空气,使我不由地感到造物主的伟大和世界的奇妙。但一回到屋里,伤痛的思绪就又会涌上心头,我只好以读书来排遣烦闷。你可以记下我最深的一些伤痛和忧虑,也许,我很快将回到安拉那里。

“毫无疑问,我的家人在海上遇难是对我莫大的打击,我有时甚至
92 连一句话都不想讲。有个东西,我未曾给你讲过,但它一直伴随着我,它就是令人窒息的恐惧,担心自己被暗杀或被谋杀。在马格里布时,这个恐惧一直缠绕着我,在这里我仍然无法摆脱,虽然,它变得不那么可怕。因为对我而言,活着并非是生命的全部。在马格里布地区和那些小国里,我曾多少次亲眼目睹死亡!曾多少次死里逃生!也许最危险的莫过于被艾布·阿南素丹关进监狱的那次。哈姆啊,我曾给你讲过。我当时想,这次就不会活着出去了。求生的欲望促使我写了一首两百句的诗歌,请求素丹宽恕。现在我只记得其中的几句,是我当时情况的真实写照:

恨长夜漫漫,惜时光短暂。

叹荣华皆空,怜独对无常。

“今天,我可以清楚地说明当时整天提心吊胆的最重要的原因,我认为它也是最普遍的因素。你用细体书法记下来,以便其他文化人和知识分子从中得到教训。

“在这个方面,当时的素丹和埃米尔们是罪魁祸首。当然,有时他们也是牺牲品。他们所有的努力——不管大小——都是迫使学者们来

满足他们的需求，达到自己的目的。当然会给他们封官许诺。谁要不从，绝无好下场。于是英明的统治者的形象就是能将慷慨的赏赐和无 93
情的惩罚集于一身的人。正如艾布·哈桑素丹所言：'我将财富赏赐给人们，也能把剑插进他们的胸膛。'

"当然，国王最大的危险就是失去宝座，或者失去生命。于是，埃米尔就得时刻提防这些危险，好让自己稳坐在宝座上，享受权力的幸福和滋味。就这样，他得时刻提防，提防近臣，提防兄弟，听谗臣之言，信奸人之惑。于是，他的赏赐变成了债务，也许会变成杀头的原因。

"而不得已入仕做官的学者，犹如走钢丝，有多少人盼他迈错步，又有多少人希望他掉下来。每当感觉不妙，就只得以辞官朝觐，或见风使舵来自救。以我的宗教起誓，除此之外，学者没办法逃脱体制的束缚，平静地研究学问。

"在我看来，政治意味着毁灭，是最大的毁灭！是自杀！你读读我所著的《历史殷鉴》及其他历史书籍，就会看到许多篇章描述埃米尔、大臣、王公贵族和学者们的结局。这是一个暴虐的时代，所以整人和惩罚的名堂五花八门，如砍头、水溺、刀剐、绞刑、毒杀、踩脚、砍手等。因此，
在我的著作《历史殷鉴》中你会看到这样的许多术语：推翻、崩溃、造 94
反、混乱、逼宫、禅让、出征、杀戮、出逃、毁灭和制裁等。

"这是政治家和阴谋家们之间流行的规则，正直的学者则对此束手无策。这有许多实例，最能说明问题的要数我的老师穆罕默德·本·易卜拉欣，他从特莱姆森的埃米尔那里逃到马拉喀什，躲在那里和学者们一起讲经论道。还有，我的朋友——无论怎样，仍是学者——利萨丁被格拉纳达的埃米尔穆罕默德五世关进监狱，最后被暗杀于其中。当时埃米尔艾布·阿拔斯为了得到穆罕默德五世的支持而将逃到其处的利萨丁交给他。利萨丁是一位知识渊博的学者，也是一位很有造诣的文学大家，是一位杰出的诗人。他的命运是一桩互相利用丑闻的实例。

另外，我的兄弟亚哈雅命运也可证明这个时代的昏暗。他因阿卜杜·瓦迪听信谗言而被授意杀害。

“看到这些，我不害怕地狱般的监狱、可怕的桎梏和恶魔的魔爪？！

“还有一个记忆像肿瘤一样在脑海中挥之不去，就是这个世纪中叶
95 发生在东西方的大瘟疫，此次瘟疫夺去了许多人的性命，摧毁了许多文明。由于人口的剧减，文明受到沉重打击，城市毁灭、工厂废弃、道路毁坏、村庄荒芜，从此国家一蹶不振，部落不再风光。同样，东方像马格里布地区一样也发生了瘟疫。好像有个声音在召唤，世界连忙响应一般。大地和一切都归安拉所有！

“当突尼斯爆发瘟疫时，我刚好十六岁，正值体格健壮、思维活跃。这次瘟疫是我所见过的最可怕的灾难（我猜它是格拉纳达埃米尔艾布·哈桑被打败的原因之一），使我失去了父母和许多老师，成为亲情和学问的孤儿，虽然正值青春时期，但感到衰老已深入身体和精神。

“总之，死亡处处可见，活着的人都相信自己必死无疑，每一天就是自己的末日。

“哈姆啊，我看到了语言无法表述的场景。

96 “我看到这个城市变成一片荒芜，遍地死尸。偶有行人，也只剩下个人形。在墙内墙外，我看到的是毛骨悚然的场面。

“看到家禽和鸟儿纷纷逃离，逃离活人和死尸，逃离一队队送葬的队伍。

“还有种种恐惧和悲痛，给记忆打上了烙印，让语言变得苍白。

“我记得，当时悲愤至极，曾祈求安拉赐给我神力，来制止这场灾难。在梦中，我看到自己发明了一种药，来解除人们的痛苦，当醒来时，发现自己还是那么无助。

“当时的人们给这场瘟疫起了许多名字：大毁灭、可怕的病、瘟疫等。哈姆啊，你记下我刚才没讲的：

“这场瘟疫源自蒙古大汗国，只有安拉知道事实真相——是近十年的战争导致死尸累累，而风将其细菌、瘟疫带到欧洲国家，然后传到东方和马格里布。突尼斯的瘟疫是通过海上贸易由西西里岛传入的，更糟糕的是路上商队加快了传播的速度。

“据我所知，当时没有任何医药措施和政府举措来阻止瘟疫的蔓 97
延。其原因是：与欧洲国家不同，马格里布地区的国家，恐怕东方阿拉伯国家也差不多，对控制瘟疫和阻止其蔓延无能为力，尤其恰逢其崩溃或邻近崩溃的时期。所以，我们根本无法了解这场瘟疫的破坏力和蔓延的时间以及传播的地区。

“至于史学家们的记录，也不可能准确。尤其是无法核实的数据和夹杂教派分歧的各种记录。从而让人只能通过假设来估计这场灾难的大小。

“但事实是，这场瘟疫带来的人口剧减大多发生在贫困地区，它主要袭击了穷人。其中的主要原因是空气不流通，正如伊本·海推布所述：‘其原因是住宅拥挤、处理不当，也因愚昧和对此无知而没任何预防措施。’

“普遍来说，有钱人在这场可怕的瘟疫中死的较少。其原因是他们躲进了远离感染者的乡下庄园，避免了被感染。对他们而言，这场瘟疫最大影响就是由农产品和地产带来的收入减少，因为市场需求锐减， 98
工钱暴涨。

“我认为，没有建设和活动就无文明可言。遭受瘟疫袭击的地区，其经济、手工业、服务业和生活等方面会受到沉重打击。

“哈姆啊，现在我得讲讲当时的学者们对瘟疫和死亡的两种态度。

“一种态度是说，要采取可行的医学措施，如用水和醋来不断清洗两耳后边和两肋下的疮，排净其中的脓水。这种措施对外部感染有用。如果是肺部感染，那就没办法了。无论如何，预防强于治疗。所以明白事理的穆斯林要预防瘟疫发生，如果发生了，要想办法阻止其蔓延。这时，他必须听从医生的忠告，医学是安拉施予人类的恩惠，如增强营养，让住处空气保持流通，避免拥挤，少行房事等。

“另一种态度是建立在宗教情感之上，它源自医学自身的不足。它认为，既然医学对此病束手无策，那就只好靠最终和最根本的治
99 疗：接受和等死。一些教法学家如是说：凡是死于瘟疫的人与殉道者一样尊贵。

“这种态度在鼓舞士气和提供心灵安慰方面有着巨大的影响。它鼓励人们诵读《古兰经》，向安拉祈祷，甚至在珊瑚等物上刻上安拉的尊名，如宽恕的主、英明的主、怜悯的主等。可是这种智慧不能导致废除医学或评判它。”

“先生，我可以提塔百里[①]的忠告吗？他说，把大象牙挂在门口，可预防瘟疫。”

“别管他的忠告，你记录：‘祈祷是信士的武器。’一点不假。但安拉说：‘你说：我的宗族呀！你们在你们的情况之下工作吧！我确是工作的，不久你们就要知道。’（39：39）在这个大灾难面前的工作就是努力了解瘟疫在地上而非天上的原因。同时，要大张旗鼓的努力阻止其蔓延。通过这些努力，人类也许会战胜瘟疫，至少会减轻损失。至于一些人，说瘟疫是精灵的悔恨，不会传染等都是违背事实和经验的传言。伊本·海推布说得太对了：对科学事实充耳不闻是对安拉的不信和大不敬，是漠视穆斯林的生命。

“在结束今天的谈话前，我还有话要说：瘟疫爆发的原因不只是已
100 知的原因——空气中的病毒，其实，它预示着国家已步入暮年及其征

① 塔百里（838~923 年）：一生著述丰富，被后人誉为“历史学权威、经注学权威和法学权威”及“编年通史的鼻祖”。主要著作有 13 卷本的编年通史《历代先知和帝王史》和 30 卷本的《古兰经注》。

兆，如征税过度等，使得农民不堪重负，最后放弃种地，从而导致粮食稀缺和昂贵，再到发生骚乱、饥荒，最后导致瘟疫发生。我认为，统治者首先要为此负责，老百姓要积极预防。”

伊本·赫尔顿靠着靠垫伸了一下腿，好像在重复“老百姓要积极预防”。他说道：“世界是一座花园，其围墙是国家；国家是一种传统权力，传统则是由国王制定的制度；国王是牧羊人，军队则是由财富来喂养的猎犬；财富是百姓的血汗，公平则让百姓信服；公平是人人熟知的东西，是世界的支柱；世界是一座花园，其围墙是国家。”

突然，两人都沉默良久。天空深邃而星光灿烂，夜晚宁静而富有温情。当哈姆看到伊本·赫尔顿已睡着时，便叫来沙尔巴帮他把先生抬进屋内。但沙尔巴告诉哈姆，先生经常嘱咐他，一旦他在阳台上睡着，就别动。两人给先生盖好毯子后，便下去，在门口，两人第一次进行了平静的谈话：

“沙尔巴啊，跟着先生，你高兴吗？”

“很高兴，主人是优秀的人。”

“这是我给你的报酬，以感谢你对我妻子的关心。” 101

“主人已付报酬，我不会接受其他的。”

“没人知道的。”

“这就是我拒绝的另一个原因。”

“好吧！我希望你告诉先生，他去朝觐之前，我还会来。”

然后两人亲切道别，哈姆往家而去。

102

旁　白

（一）

伊历九月十四日一大早，伊本·赫尔顿开始做前往麦加朝觐的准备，仆人沙尔巴一直忙个不停，而且因主人许诺明年带他一起朝觐而兴奋不已。

晚上开斋后两个小时，伊本·赫尔顿想把一些书与行李一起捆上，但想了想，还是将书放下，只带了一本《古兰经》和一本赫尔卫·安萨勒所著《寻道者途记》。他正在犹豫是否装第三本书，却听到轻轻的敲门声，于是去开门。开门后发现自己与哈姆的妻子正好打了个照面，她后边跟着沙尔巴，后者一脸不安。在她开口向他道“赛俩目”[1]之前，伊本·赫尔顿赶快问她的丈夫怎么了。她一边把两个装满东西的双耳篮子递给他，一边回答道：她给他来送一些朝觐路上用的东西，希望他朝觐期间为她祈祷，祈祷安拉赐给她孩子，并一再强调，就是哈姆知道她来到这里也不会怪她。

103 伊本·赫尔顿不知如何是好，一会儿看看这个带着面纱、想进屋的女子，一会儿看看仆人，好像在征求他的意见。这时女子一把拉起他的手，激动而忘情地吻了一下。伊本·赫尔顿赶紧将她让进屋里，免得邻居看见这个情景，并让仆人放好送来的礼物后在他俩跟前站着。

在客厅，先生一边嘴里念叨着，一边端坐在靠椅上。这时，哈姆的妻子在他对面坐下，伸手揭起面纱后说：“先生，我知道您要去朝觐，于是替您已去世的妻子准备了一些路上吃的干粮，当地的黄油、上等的蜂蜜、‘荷立阿’[2]和一些干甜点。如果我有能力，我肯定会把世界上的礼物都带来。”

“乌姆·贝宁啊，愿安拉回赐你，愿安拉赐给你正道。”

伊本·赫尔顿说了这番话，克制自己不去看这个摘下面纱的妇女，尽管她很漂亮。这时，她突然抓住他的手狂吻起来，他一边连连求安拉

---

① 赛俩目：穆斯林见面后的问候和祝福语。

② 荷立阿：一种阿拉伯甜食。

宽恕，一边想努力抽开，却无济于事。渐渐地，他好像不再拒绝，任她亲吻，任她拉着自己的手抚摸她的脸庞——夹杂着泪水的脸庞。于是同情而不安地问道：

“乌姆·贝宁，为何哭呢？” 104

“先生啊，我的这个名字名不副实，人们称我是孩子们的妈妈，却没有一个孩子，他们只存在于我的梦中和想象中。我多么想生个孩子，每天都在想！出游无法减轻这个愿望，每当抱起他人的孩子时这个想法更加强烈。先生啊，我有时抱着枕头，像傻瓜一样念叨：孩子，叫妈妈；妈妈给你做好吃的；好宝宝；妈妈给你买蜜桃和石榴……每过一年，我就增一分恐惧和担心，我怕过了生育的年龄，就永远也不会有孩子了。”

女子痛苦地说，时而用一双浸满泪水的眼睛望着面前这位同情的听众。她用乞求的声音继续说：“先生啊，你是一位学者，你热爱安拉和先知，求你在朝觐时为我祈祷，祈求安拉赐给我孩子。当你抓住天方的门槛时不要忘记，在游转天方时不要忘记，在萨法和麦尔瓦之间奔跑时不要忘记，在阿拉法特山上时不要忘记，不要忘记为我祈祷！你祈求伟大的安拉赐给我孩子，哪怕一个。如果不生孩子，这个肚子还有什么用呢？先生啊，你认为我的祈求安拉办不到吗？！”

伊本·赫尔顿终于抓住机会，她的问题使他心情沉重，赶快抽回手，免得在这个高贵的斋月里发生不好的事。他回答道：“女子啊，你向安拉祈求，不要对他的仁慈感到失望。我承诺，一定会为你多多向安拉祈祷。你现在回去为丈夫准备封斋饭，告诉他你来过这里。”

女子站起来，抹去脸上的泪水，两眼噙着泪花，带上面纱后温顺而 105
满意地转身离去。这时，只见沙尔巴欲言又止，在主人的鼓励下，他说道：“我陪了这个女子多日，我确信她是一位虔诚而有信的女子。她只是喜欢打扮，喜欢人们夸赞。多少次，她让我不要理睬不良小子们的挑逗言语，说那些都会随风而去。还有，她常常问我关于你的事。安拉见证，我只告诉她一些你的大体情况，从未给她讲过你的私人生活，说过你不为女色所动。她今晚一直缠着我陪她来拜访你，而不去逛街，以安拉的名义起誓，我最终没能拒绝。”

先生宽厚地笑了，他让仆人再次检查一下行李，然后去烧水，再到驮夫那里，再次确定一下午后出发的时间。当沙尔巴走后，留下他独自一人，他感谢安拉，幸亏乌姆·贝宁在开斋前没来，否则，肯定有损于他的斋戒。真要感谢万能的安拉！

（二）

在这个月的中旬的某一个清晨，伊本·赫尔顿做了一个奇怪的梦，他梦见自己向乌姆·贝宁——她已成为自己的妻子——告别，去见成吉思汗的后代——跛子帖木儿[1]。当哈姆进来后，他只给他讲了后半截
106 梦，说道：

“哈姆啊，非常奇怪的一件事，它仍然历历在目！昨天，我梦见自己在马穆鲁克的某一座城里和一个大征服者、蒙古人和鞑靼人的领袖帖木儿坐在一起，和他讨论一些事，我现在无法说出其内容。顺便提一下，我的老师穆罕默德·本·易卜拉欣曾预言我要见那个人物，他像其前辈一样对伊斯兰国家进行烧杀抢掠。这些都曾在伊历七百年的上半叶发生在成吉思汗的手上，他的孙子旭烈兀毁掉了巴格达城，鞑靼人的军队继续西进[2]。这离东方伊斯兰世界走出欧洲的梦魇——十字军和马格里布人在欧格布战役中惨败不到半个多世纪。我发现伊本·艾西

① 帖木儿：1336年出生于中亚河外，1370年兴起于撒马尔罕，自称察合台大汗。14世纪80年代征服波斯和花剌子模。14世纪90年代侵入伊拉克，攻克巴格达；蒙古人铁骑踏遍两河流域，杀人如麻。1400年，“帖木儿旋风”席卷了叙利亚北方重镇阿勒颇，他放任部下烧杀抢掠3天，将尸骨堆成一座小山。1405年2月病死于军中。

② 继续西进：旭烈兀毁掉巴格达城后，因国内事务回蒙古，留下大将继续西进。

尔[1]对此的记录非常准确，尽管他没生活在那个悲惨时代的最后阶段。

“哈姆啊，我继续给你讲我的梦，我记得与帖木儿的会面预示着东方伊斯兰要遭灾难。当时的会面有晚宴和对话。我当时非常害怕，只好时而靠念《古兰经》中的章节和艾布·哈桑·沙则林[2]的祷词，时而想起马穆鲁克人在艾因·扎卢特之役[3]中大败蒙古人来给自己壮胆。

“主啊！消除黑暗、赐予希望的主啊！求你减轻要发生的灾难，求你 107
赐给我和穆斯林大众平安和慰藉。阿米乃！[4]”

哈姆和伊本·赫尔顿一起捧起双手，求安拉接受他们的祈祷，然后诵读了《古兰经》的开端章，并在浓浓的氛围里礼了几拜副功拜。当两人礼完后，哈姆赶快说：

“先生啊，我有个请求……”

“没关系，请快说。”

“自从我认识你后，一直想请你去寒舍做客，但是，一怕你为难，二看你如此忙，三怕扰你清静，所以一直没说。自上个月来，乌姆·贝宁一直要我请你和我们一起过八月节，但是我一直以你忙为由拒绝了她。”

“假如你在忏悔夜请我的话，我肯定去。”

“那你朝觐回来，我希望在家里给你接风。”

“在你家，非常高兴，但费用由朝觐的人承担。”

---

① 伊本·艾西尔：1106 年生于伊拉克的哲齐赖，卒于 1234 年。著有 12 卷本的《历史大全》，被誉为十字军战争史学家。同时，因《历史大全》详细记载了蒙古人征服中亚和西亚的始末，被法国人多桑在《蒙古史》中引为重要的参考资料。

② 艾布·哈桑·沙则林（1176~1258 年）：苏菲主义著名代表人物。

③ 艾因·扎卢特之役：1260 年 9 月，在耶路撒冷以北的艾因·扎卢特，由马穆鲁克第四任素丹拜伯尔斯（1260~1277 年在位）率领的埃及军队与蒙古军队进行决战，蒙古人全线崩溃，统帅怯的不花等大将战死，从而遏制了蒙古军的西进，也使拜伯尔斯名垂史册。

④ 阿米乃：意为“求你应答”。

“如果还有人与我分享你光临寒舍的荣耀,那就是我妻子,她会用阿拉伯女人的方式来欢呼,从今天就开始准备甜点了。”

伊本·赫尔顿往哈姆的口袋里硬塞了一个钱袋,然后谈起记录过去七夜所谈的手稿,他说:

108 “哈姆啊,我把手稿存在你处,如果我平安回来,就会再仔细改改。如果在那里我的大限到了,那你就附上我的这份确认信后可以向人们公开。”

“先生啊,你会健康、平安地回来的,到时就是哈志[1]了。如果我不在了,书稿会交给我的妻子妥善保存。”

“托靠安拉的恩赐,你会长寿的,会一直陪伴你的妻子。”

这时,听到有人敲客厅的门,是沙尔巴来通报驮夫已到家门口了,伊本·赫尔顿起身走进卧室去穿上旅行的行装,之后走向家门口,看见哈姆和沙尔巴在帮驮夫绑行李。前往图尔港的商队过来了,伊本·赫尔顿与两人拥抱告别,嘱咐哈姆时时来家里看看,叮咛沙尔巴要关心哈姆的妻子,继续陪她出游。

哈姆扶伊本·赫尔顿骑上骆驼,悄悄请他为妻子祈祷,求安拉赐予她孩子。

伊本·赫尔顿示意驮夫可以走了,驮夫赶起骆驼,伊本·赫尔顿挥手与他们两人道别。

① 哈志:对完成朝觐者的尊称。

第二章 109

爱情　做官

“伊本·赫尔顿住在尼罗河畔，好闻女音，喜时尚，娶一女。此女有 111
一胞弟，英俊且纨绔，故关于其的丑闻不少。扎马鲁丁所著《法官传》中如是说。”

“在埃及有个爱我和我爱的人。”（伊本·赫尔顿）

——伊本·哈哲尔·耳斯盖拉尼《埃及法官正传》

转自伊本·嘎迪·沙赫拔《伊斯兰史补遗》。

113 从埃及前往麦加朝觐的路线是走西奈半岛西海岸路过岩百阿等地一直到麦加。

回来的路线则经岩百阿、格隋姆等地到达埃及。朝觐来回需要六个多月，我曾在途中迷路，差点丧命。以后会讲到。来去途中，我曾拜谒沙斐仪教长的陵墓，路过格拉夫郊区。

我刚回到埃及，路上出现一队骑兵挡住去路，骑兵头目有些结巴地向我喊道："向我们强大的主人问候，能忘掉吗？驮夫先走，在你指定的地方等，你跟我们去见陛下。"

我请求将会见推迟到第二天，以使我洗个澡，休息休息。他回答说，这些都在宫中解决。

我随他们向王宫走去，这时，我忽然发现自己有一段时间思想不集
114 中，而且我很快找到了原因，就是我不由自主地常常想起乌姆·贝宁，
就是这个女人让我在动身朝觐和回来时忘了向伟大的素丹问好，她好像渐渐地进入我的心里。但是，这都是由于同情或特别希望安拉应答我的祈祷，赐给她孩子而引起的，除此之外，别无他想。

自我投奔埃及后，在红山城堡的艾布拉格宫中只见过贝尔孤格素丹三次面。期间，我根本没太在意宫中的东西。当时我曾在心里不停地说：辉煌！辉煌！但永存只归安拉。我记得我当时几乎是闭着眼睛，只在通过通向海推布清真寺的大门时才睁开眼睛。我在该寺礼完拜，坐了一会儿，打量了一下四周，看了看大理石地面和金黄的穹顶，数了数素丹厅中的柱廊。而这次，简直是霸王式请客，我准备好好看看曾经不想看的东西，并马上付诸实施。宫中听差给我打好水，我洗完澡，喷上香水，穿上他们为我准备的衣服，吃了几口端上来的饭菜。这时被告知，素丹在明天晌礼前没时间见我，看来肯定要在城堡里过夜了。

115 为了排解心中的疑惑，我前往海推布清真寺，我在那里独自礼了晡礼，然后，在一个没人的角落里休息了一会儿。我不想让人看到，不想

让人说三道四，也不想碰上三年前让我辞去法官一职的那些搬弄是非的人们。当听到身边的脚步声多起来时，我便起身走去，看见两个听差在等。我比划了一番，他们才明白，我想走一会儿，于是我走着，他俩在我身后跟着。

我散漫地穿过忽高忽低的走廊和地下室，面前一会儿出现黑黄相间的宫殿，一会儿是高大的或绿或黄的圆顶，一会是可以俯视内花园的华亭。我看到有卫兵把守的门，它也许通往素丹的议事殿，也许通往后宫，或许是通往秘密的暗道。每当我路过一处，便加快脚步，好想找到一个让自己心悦的地方。终于，在一处宫殿内找到这么个地方。我坐在其中最大的房间里休息，它被垂下的一盏盏吊灯照得犹如白昼。灯是由不同形状的塞浦路斯彩色玻璃制成，被映在亮如镜子的大理石地板上，照在用银子、贝壳、黄金和青金石所装饰的高大的墙壁和穹顶上，将刻着精美浮雕的拱门烘托得美不可言。

我问两个当差的，这个宫殿是谁的。他俩说了一句我没听懂的话，其中一人便离开了，过了一会儿，他带来了一个人，此人穿着一件大 116
袍，头上戴着几乎要遮住眼睛的大缠头。他过来向我问好，并报上自己的名字，告诉我他出生于埃及，职业是宫中的翻译兼内务总管，负责泰施汗、法拉施汗、舍拉比汗等素丹的宫殿。我问了同样的问题。他回答说，这个宫殿以前是一位埃米尔塔巴里汗的，现在是接待贵宾的地方。并接着说：“法官啊，您是贵宾，有何吩咐？”为了打发时间，我问了他一些关于城堡的建筑材料的问题。他说的和我猜的差不多。

这个城堡是盖拉古世为萨拉丁所建，马穆鲁克纳赛尔·穆罕默德·本·盖拉温素丹增建了城墙、塔和黑白相间的宫殿。贝尔孤格素丹进行了修葺。修建材料和装修材料来自上埃及，如水晶石和花岗岩；而石灰取自木格塔山[1]。

① 木格塔山：意为光秃的山。

我心里想，本来就是座光秃秃的山，现在更光了！这些奴隶当官后就开始修建，修建和家乡土库曼斯坦一样风格的建筑，想让它留存百世。

“哈志，还有别的事吗？”

“你派人把我留在城堡澡堂里的布尔努斯[①]拿来，再给我指一下回客房的路。”

117 此人用手指了指我身后的门，我跟着他走过一条长长的走廊，到了一个有佣人看护的门前，他让其打开门，说这是我的卧室，并嘱咐佣人要好好关照我，之后便道别走了。

这个城堡里的所有房子都很宽敞，在其中根本感觉不到什么叫拥挤。比如，我住的这间房子，能住下开罗旧城中的两个或几个家庭，它比我的家大，而且配有华丽的家具，铺着昂贵的地毯。我想象自己坐在靠椅上，乌姆·贝宁走进屋子，看得眼花缭乱，她摸摸铺的和盖的，忽然大哭起来，说这种枕头和被子在梦里都没见过，也未见过这么华丽和漂亮的家具。我想象自己安慰她说：这就是荒淫文明，像妓女一样放荡！是享乐文明，它预示着国家和人心腐败！

118 我听到门外有人请求进来，是一个仆人，他肩上搭着我的布尔努斯，双手端着一个盘子，里面放着几道菜。他将衣服和盘子放在桌上，然后打开一扇窗户，笑着向我指了指外面就离开了。我一走到窗前，就连说，这个人指的地方太好了！无限美景！我把毯子和盘子搬到窗榻上，边吃边欣赏美景。

乌姆·贝宁啊，这就是坐落在尼罗河东北边的开罗，是壮观的开罗：宽广的土地，林立的宣礼塔，侯赛因陵墓，园林、街道和街区，耸立在萨拉丁城墙后的高大建筑——虽经沧桑却仍然屹立，九座城门通向海湾和尼罗河。而当我转向尼罗河东南面时，看到开罗旧城，若非阿穆尔·

---

① 布尔努斯：马格里布地区阿拉伯人穿的戴帽子的斗篷。

本·阿绥[1]——开罗旧城的和平鸽，开罗旧城就不会存在。

今晚，我的心情犹如当年阿穆尔的心情。

可爱的开罗旧城，有多少圣门弟子曾在此生活！又有多少次遭到破坏！最后变成弱者和可怜人的天堂，每天靠大豆糊和鹰嘴豆酱度日！

看到这个景象，谁还会高兴起来呢?！

夜渐渐拉下帷幕，吹来些许凉风，星光灿烂，宁静而惬意，不觉间 119
宵礼的宣礼声响起。我起身洗小净，礼完拜，回到窗榻，躺下盖上薄毯，准备进入梦乡，口中吟着忽然想起的诗句：

夜晚穿上华丽衣裳，伤心人却无法入眠。

“礼拜胜过睡眠，先生！”门外传来叫醒声，我忽然惊醒，发现自己睡在丝绸的床铺上。我准许来人进来，他告诉我，怕我着凉，他昨晚将我从窗榻移到床上。听后，我惊愕不已，肯定是旅行的劳顿使自己如此沉睡，竟毫无察觉。佣人放下早餐和一个装着白色衣服的盒子，并提醒我离主麻时间不远了，然后就消失在门后。

我赶紧奔向洗漱间洗好小净，快速礼完晨礼，开始为见素丹做准备。在衣服盒里，还有牙刷、香水和一小盒眼粉。我翻了翻送来的衣服，发现有一件绸缎的长袖长衫，一件羊毛和棉花混纺的宽袍，还有一条面纱和围巾。我放下面纱和围巾，穿上长衫和宽袍。刷过牙，喷上香水，戴上缠头，叫佣人进来，他拿来一个冒着袅袅青烟的熏香炉，放在我脚前便不见了，等我熏得差不多时，才进来拿走。我披上布尔努斯，便叫人带我出去。

就这样，准备去钻素丹的套索，我浑身香气四溢，透出不属于自己 120
的庄严，好似披着他人的皮。“主啊，你赐予我美好的结局！你让我沐浴在你的宽恕和襄助中！”我心中暗自祈祷。

① 阿穆尔·本·阿绥：卒于664年，著名的圣门弟子，埃及的征服者。

佣人在我面前大步走，我几乎小跑般跟在后边。不时看到一堆堆佣人和军人散在广场、赛马场或大门。当我们到达海推布大清真寺后，他让我一人进去。于是，我分开礼拜的人，往寺内的壁龛处挤去。我当时走得快，怕那些曾受我处罚或被我关起来的坏蛋们对我指指点点。好不容易挤到壁龛处和素丹礼拜处中间的第一排，有人诧异，有人羡慕。几个同僚和一些讲学时结识的人过来祝贺，祝贺我圆满完成朝觐，我一一拥抱，尽力答谢。最后一位是素丹总管叶哈雅·盖塔齐，他悄悄告诉我，素丹在主麻后就会在议事厅接待我。忽然，一声“伟大的扎希尔素丹到”！众人起立，纷纷弯下腰，而素丹被卫队围得严严实实，根本看不见。我心里说：“赞颂安拉，他让奴隶成为素丹，他将王权赐予他所欲的人，即使是被贩卖的奴隶，或是头如干葡萄[1]的黑奴！”

121 大家坐定，身穿黑袍的海推布[2]登上讲坛，讲坛两边插着两面黑旗——阿拔斯王朝的标志。他接过一把剑，然后向众人道了声“赛俩目”，便开始念出一段“圣训”：“主麻日，当海推布登上了讲坛，而你对旁边的人说，‘不要出声’！那你就错了。”这也说明海推布要开始重复不知已重复了多少遍的老套话，这是主麻日海推布们的习惯，紧接着稍微提了一下阿拔斯王朝哈里发，便开始声声为素丹祝福，句句求安拉保佑素丹，好似素丹处在危险时刻，周围的敌人不计其数。念毕，走下讲坛，带着众人有点匆忙地礼完主麻聚礼拜。之后，素丹在卫士们的簇拥下离开，众人也随后一群群离去。

我坐在原地等人们离去。我左右看了一下，发现总管等我起身，见我起身，便命一个奴隶带我到“大利卡”[3]。

---

① 干葡萄：意为长相丑陋。源自“圣训”：即使长官是头如干葡萄般的黑人，也得服从。

② 海推布：意为布道师。

③ 大利卡：不是阿拉伯语，故主人公没懂。

“大利卡？”

踏上舒缓的台阶，走过一个长方形的大院子，我才明白什么是“大利卡”。它是一个大广场，人们在此处等候素丹宣召进宫觐见。我喘了一口气，以为自己已离议事厅不远了，解脱的时候临近了。

我在一个靠近铁窗的靠椅上坐了下来。透过它，能看到素丹的赛马场，看到一批批被精心饲养的骏马和一峰峰被小心呵护的骆驼。赛马
在这个奴隶当家的国家十分流行。素丹们往往与其前辈在此事上要一 122
决高低。快如闪电的蒙古马、优雅的阿拉伯马等。从这个窗能看到气势恢宏的城堡广场、喷泉喷起柱柱水花、高耸入云的椰枣树、种满奇花异草的花园。我又看了看，看见素丹和近臣们的私人球场。

这里就是“大利卡”：宏伟的穹顶，耸立的圆柱，大理石的地面。人们在这里等这么一个人：他可以给你生计，也可断你活路；可以让你活命，也可取你性命；任他盘问，不可置疑；由他干涉，不能辩驳；夺其所好，赏其所爱；耳目遍布，无人能比。

这里是等待的地方，犹如绥拉特桥！你站在墙外，不知道墙内的主人会不会喜欢你。他让你在这里等，等得你感官发木，神经紧张，意志崩溃，忍气吞声，无可奈何；等得让你怀疑自我，不识自己；等得让你担心说过什么或干过何事，等得你心惊肉跳。

在这里等待的人，如果他是有钱人，那就得拿出钱从素丹那里赎回面子和地位，否则，他的财产会瞬间蒸发，只剩下捶胸顿足；如果是有
学识的人，那他就不能矜持，不敢尊大，否则，就会被告知：你的学问如 123
不毛的荒野，需要春雨滋润；如果是武夫或笔吏，那他的性命取决于狡猾的程度，取决于如何瞒上，还要谦卑地甘心为素丹卖命，否则，他不知道自己的头何时被刽子手取走。

时间慢吞吞地走向晡礼的时间，我开始着急，无奈地打量路过的人，站的人和坐的人，看到每个人的脸像我一样透着不安。总督、

诗人、干探和杀手……都是有地位的奴隶，用颤抖的手和揣摩的心牧放着利益，总是担心失去，失去心爱的一切；也时时害怕，好像它就是霉头。在这个国家，素丹比别人更值得提防，信谁都不能信他。他掌握着赏赐和剥夺，而方式只有他自己知道，办法则不会排除背信和不义。

幸运的是，我不认识这些等待的人，他们也不认识我。有人见我一身法官打扮，便远远的点头示意。

时间像铅坨一样沉重，我走到首相的首席助手跟前，给他说了一番，意思是希望早点进去见素丹。他瞅了我一眼，嘟囔了一句，我明白是讨厌我的请求，要求我等着，哪怕多等几日。

124 权力的艺术五花八门，但轻视和蔑视则是最厉害的手段。想要攀结权势者，首先要有自己渺小和懦弱的感觉，而权势则会让你更加卑贱。漫长的等待是最好的办法，它会使你双肩耷拉，脊梁拱起，从而显得顺从，而且方便弯腰。

为了对付不断增长的卑贱情绪，我用尽办法来给自己打气。我想象自己神气地坐在宝座上，跷起二郎腿，脚尖指向房顶；用赞许和骄傲的眼光看了看，发现自己一表人才；眼中透着宽宏和大量；眼光扫过之处，皆是尊重和巴结；我面前是一个形象猥琐，无任何权势表现的素丹，一个在释放之前被人买来卖去的奴隶，顺从地坐在凳子上。我在想，这个因双目凸出而被称为贝尔孤格的人，要问我带给他的最贵重的礼物：在朝觐时，你为我祈祷了吗？于是我就开始打腹稿，一篇充满期望和韵律的稿子，当然，大部分是我当法官和讲学时常常重复的词句。

我正在胡思乱想，忽然听到有人叫我的名字和觐见的序号。我起身，抖抖精神，便向议事厅的大门走去。两个奴隶伴着我走过一个窄窄
125 的、插满蜡烛的走廊，这时执帷官向我走来，用奇怪的拥抱向我问好，

双手却摸个不停，好像在检查是否带着武器，看到我有些厌恶和生气才松开手。过度谨慎和小心已渗入马穆鲁克人的血液。求安拉护佑！

忽然，此人拉起帷幔，连喊了两次我的名字和序号，然后示意我跟着他。当走进议事厅时，他的步子变成了鞠躬者的迈步，我跟在后面向坐在宝座上的素丹稍稍弯了弯腰。像我常见的那样，议事厅是座宏伟的建筑，有许多巨大的窗户，从中可以看到赛马场。与往常类似的场面一样，扎希尔·贝尔孤格居中央，两旁站着一些埃米尔和书记官，后面则站着一群带刀的、摇扇的和捶背的人。

素丹示意我靠近御席，我向前随便吃了几口，匆匆咽下，便去洗手。回来后，赐席者示意我向前，我照办。像原来一样，他用藏在袖中的手拍了一下我的肩膀表示问候，嘴里说了几句突厥语，大概是欢迎和询问情况之类的话。我说了一大堆表示感谢和恭维的话，还有感动不已的表情——他是资助者、施恩者、掌握者和牧羊人。他的眼皮动了一下，一双蒙眬的眼睛，好像在享受美好的午休，或仿佛正躺在美妾的怀里。用这双眼睛祝贺我朝觐荣归，并说道：“你为我祈祷了些什么？乌云滚滚，问题多多！”

我打起精神来，矫揉造作地回答：“陛下，您放心，在渗渗泉[1]旁， 126
在阿拉法特山[2]上，在圣地的每一个地方，我都向安拉祈祷，祈求安拉襄助你打败所有的敌人，完成你的重任。我还高声祈求：主啊，应答祈祷的主啊，你襄助‘扎希尔素丹、开罗的荣耀、民众的领袖、耀眼的荣誉之光、砍向敌人的利剑、安拉恩赐的保证’；主啊，你将你的力量赐给‘皇冠、宝座和讲坛的主人，高楼、大厦和宫殿的主人，拥有强大军队和运筹帷幄谋士的国王’，你赐给他力量；主啊，你眷顾‘信士们的

① 渗渗泉：位于伊斯兰圣地麦加圣寺内天房东南侧的一眼清泉，有“圣泉”之称。

② 阿拉法特山：伊斯兰教朝觐圣地之一，位于沙特阿拉伯麦加以东40公里处。

长官’,让他看到你的眷顾——国库丰盈,财源滚滚;让他看到今世的好结果,后世的好归宿;主啊,你让幸福成为他的随从,让荣耀成为他的挚友;你援助他处理穆斯林大众的事务;你赐他长寿,权力长久。在麦地那圣寺内先知陵前,我祈祷:‘主啊,借你的先知——万圣之领袖——的荣光,我祈求你护佑我们的素丹陛下免受烦恼的侵扰,你让伊斯兰的国土处在他的旗帜、长矛和利剑的保护之下,你将福降予他、他的子孙、他的近卫、他的近臣和爱卿。’阿米乃！慷慨应答的主啊！众世界的主啊！”

说毕,我用张开的双手抹了一下脸,素丹和在场的人都依样画瓢。而我在心里说:主啊！你知道,我在朝觐期间,除了乌姆·贝宁外,为谁都没祈祷过,求你原谅我的谎言,求你不要将其计入我的功过簿。

127 贝尔孤格从宝座上下来,坐在了宝座前的地上,拉过靠垫,让我坐在身边,俯身对我耳语道:“哈志啊,你的祈祷言简意赅,但是乌云滚滚,问题多多！”

众人见状,便个个怨自己脖子太短,无法听清,眼光不远,看不真切。

我也俯身耳语:“主啊,造化万物,维护秩序的主啊,你让我们的领袖远离骚乱和残暴之源,你让白昼的光芒使罪恶无处藏身;主啊,你保佑我们的领袖免中心怀鬼胎和图谋不轨者们的诡计,保佑他免受豺狼、野狗和野种们的骚扰;主啊,你谴责心怀不满、心生怨恨、搬弄是非、四处造谣的人们,你不要让他们的阴谋得逞,使他们的诡计破产。阿米乃！”

素丹表示感谢,并一再叮咛我要为他多多祈祷。同时,还感谢我曾建议引进马格里布的骏马——养在素丹的马厩。紧接着,他的那双几乎闭着的眼睛转向其他地方,说道:“你朝觐前有个书记官,也是你的挚友,他曾记录你的学问。”他戛然而止,好像要了解书记官的情况,我赶

紧抓住机会，回答他的话，称赞书记官有高尚的品格，不会有任何嫌
疑，但他打断我的话，说出一句犹如晴天霹雳般的话：“你的书记官，你 128
要保重。”

他说完准备起身，又道：“看你的面子，我令人将他葬于盖拉法墓地。‘我们都来自安拉，将都回归到他那里’。”

我站起来接受他的拍肩以示感谢，他令总管好好照顾我。这时，宣礼声响起。

素丹被卫队前呼后拥地跟在一队人马后边往海推布清真寺走去。我跟在这个浩浩荡荡的队伍后边走，想以此摆脱关节的疼痛，每当听到不幸的消息，它就会痛。而这次疼痛却痛彻心扉，一是失去哈姆，二是他的妻子守寡。主啊！你怜悯我们！

礼完晡礼后，总管、仲达尔①和一些骑兵一起将我送到城堡的主城门口，门口有两个仆人在等，其中一人手里拉着一匹精神抖擞的灰色骡子，它口中衔着一副铁嚼，备着一个锃亮的马鞍，鞍下铺着绒毯。总管拿出一张纸，让我签字，并说：“这是素丹赐你的礼物。”我签过字，让他转告素丹我对他的感谢。他接过纸后转身离去。这时，仲达尔走向前来，恭喜我朝觐归来，并得到素丹的礼物。然后说了一句话，让我不知所措而更加心痛。他说：“法官大人啊，据报，你的书记官哈姆家里住着一个自称是寡妇弟弟的年轻人，若不看你的面子和那个妇女的证词，我们早将他抓了起来，或者将他驱逐出境。因为，官差不止一次在一些不三不四的人中抓到他。我们确认此人是个阴阳人，他貌似男人却无胡
须，而且喜欢与女人们鬼混。你给他讲讲，让他规规矩矩，否则，我们会 129
让他从哪里来就回哪里去。”

我点点头，表示同意。我还有力气说话吗？！这是我听到的另一个

① 仲达尔：类似警察局长。

让人悲痛的消息。我在两个仆人的帮助下骑上骡子，轻轻拍了一下，轻声说："我无法从你这里得到安慰和慰藉。"然后在两个骑兵的护送下，带着些许担心和忧虑往家而去。

到了家门口，发现沙尔巴已在等我。一番拥抱和问候后，他先安置好骡子，然后来到客厅说："主人啊，你朝觐带来的东西都在卧室，没丢任何东西。"

我惋惜而忧伤地给他说："等会儿我给你找从麦加带来的礼物。你说说，哈姆是何时归真的？是何原因？"

"我从你的脸色就已看出，你已知道这个令人痛心的消息。哈姆——愿安拉怜悯他——在刚过去的宰牲节归真了，他得了偏瘫，一直卧床不起。"

"乌姆·贝宁现在怎样？"

"很不好，太不好了！丈夫去世，还有一个麻烦不断的弟弟。"

130 "有人给我说了这个浑小子，昏礼后，你陪我一起去逝者的家悼念。"

"宵礼后吧，在这个时候，那个流浪汉般的小子出去干坏事了，早上才回来。"

我听从了沙尔巴的建议。如果有可能，我想问问乌姆·贝宁关于她弟弟的事。我走进卧室，检查行李后，坐着盼宵礼时间来临，以使我理清思绪，从悲伤消息的打击中解脱一会儿。

自来到埃及后，哈姆和妻子一直生活在姆萨姆得街区的一座小院落里，在这里他归真了，身后留下一个寡妇，不知她靠什么活下去。沙尔巴通报后，我走进家门。乌姆·贝宁出来迎接，祝贺我完成朝觐，平安归来，她的声音盖过了我的悼念声。她请我在空无一人的客厅坐坐，我爽快地答应，和沙尔巴坐下。见我问起哈姆的病，便在我对面坐下，开始抹泪和断断续续地讲，我听明白是说哈姆当时很痛苦，而她却非常无助。

“药不管用，杜哇[1]也不灵。”

“穆斯林肯定会受磨难，肯定会经受磨难。乌姆·贝宁啊，信仰安拉 131
强于哭泣：‘他曾创造了死生，以便他考验你们谁的作为是最优美的。（67：2）’”

“先生啊，我犯了何罪，让我只身留在这个陌生的地方。”

沙尔巴忽然开口有些责备地说：“乌姆·贝宁啊，你在伊斯兰国家，先生会一直照顾你，直到你找到合适的人。”

一番话说得乌姆·贝宁一把抓住我的手，抽泣地又哭起来，直哭得让人心痛，哭得人六神无主。眼泪哗啦啦掉在我手中，却似绝望后找到希望的泪水，从艰难中得到解脱的泪水！好似涌出生命之水！我有权制止吗？没有！

时间慢慢逝去，我们都任其流过：乌姆·贝宁继续哭，沙尔巴沉默不语，我诵读《古兰经》。如果就这样一直到天亮，我也愿意。这时，一个小女孩端来一个碟子，我猛然意识到凡事都有界限，情感也得克制。于是，又恢复正常，乌姆·贝宁一边擦泪，一边请我和沙尔巴尝尝她做的酸奶和甜点。屋里一片寂静，我时而祈祷，时而祈
求，偶尔喝一口酸奶。我很想知道哈姆生病期间的事，但还是没问， 132
以免让乌姆·贝宁再哭起来。但她好像知道我所想，便开始讲哈姆如何平静地面对死亡。沙尔巴接着讲哈姆的葬礼，讲到由于邻居和素丹的仆人们的帮助，葬礼进行得很顺利。而她时不时地插一句：“先生，这都是你的面子。”

我觉得自己应该问问她弟弟的情况，因为我听到的关于他的话没有一句是好的。犹豫再三，迸出一句：“你在非斯的家人都好吧！”

“他们知道我丈夫归真了，但路途遥远，只有一个同母弟弟来探视。”

---

[1] 杜哇：意为“祈求”、“祈祷”。

“你有个同母弟弟？他在哪里？”

她非常烦恼地闭上眼睛说道：“沙尔巴更了解他，我从来就不喜欢这个弟弟，更不接受。家里人让他来这里，是为了帮我渡过困难。唉，别来就好了，沙尔巴啊，你说说吧！”

“我说说？说什么？说他败坏的品德？说他的威胁？他威胁说，我再管你的事就要打断我的肋骨。说他的女人气？还是说他在藏污纳垢的地方跳舞和烂醉？这都是我知道的，你自己说吧。”

133 乌姆·贝宁显然很难开口说这些寡廉鲜耻的事，我赶紧说：“你想让弟弟留下来，还是想让他走？”

“这个魔鬼是个大负担，我天天琢磨着怎么让他回去。如果有办法让他走，我都愿意搭上我的戒指和项链。”

“交给我办。我看看，通过合法的方法让你解脱。现在我们告辞。我这周需安排一些事，探视哈姆的坟，下周再来看望你。”

乌姆·贝宁拽住我的布尔努斯，要我吃完晚饭后再走，我以自己需要休息为由拒绝了。这时，她消失了片刻，然后回来，手里拿着一沓手稿说，丈夫曾叮咛一定要交给我。我一看是七个夜晚所完成的工作。我告诉她，沙尔巴会在这两天送来我从麦加带来的礼物。于是她开始吻我的双肩，祝福我，希望我常常来看她。我听到沙尔巴向她告别道：“忍耐！忍耐！假如我和主人一样年轻，我就会娶你。”

我刚迈出大门，看见一个老太婆，她用疑惑和审查的眼光打量了我一番，好似怀疑我在乌姆·贝宁家里干什么勾当，像有一肚子的问题要问。

主啊！你慈悯我们不要受到偷看和刺探者的伤害！

134 主啊！保护名誉的主啊！我来这个寡妇家只是为了悼念和帮助。

主啊！我虽在朝觐时想到她，但没想入非非，你知道我们心中的一切，你是仁慈、接受忏悔的主。

在这个月，我一直待在家里，有时修改《历史殷鉴》中关于东方伊斯兰国家的部分，有时斟酌我给哈姆口述的书稿，增补了一些附录和注释。这时，我又一次看到无尽的事实，看到文字在表述这些时的局限。世界，无论是地上还是天上——我好像有天说过这话——都需要长期不断地研究，我认为个人的努力肯定不足以了解它，也不认为自己的观点都对，从而不需要修改和校正。学者是先知的继承者，但前提是首先要谦虚，另外，要为真理之光和后辈佼佼者的增补打开创制的大门。

关于乌姆·贝宁的研究，自然是另一类研究，其中的标准是心灵和情感。早上我睁开双眼，发现它因萦绕脑海的梦而湿润，或因忽现的身影而潮润。

一个月过去了，每个主麻的夜晚我都会和沙尔巴一道去探望那个
女人。渐渐地成了她的监护人和生活来源。我每次都悄悄帮助她，每次 135
与她谈话后，就感到对她的责任又多了一分。她是一份责任，是首要工作，我如是称呼。

在这个月的最后一夜，我想告诉乌姆·贝宁将弟弟告官的状子内容，包括证人们的签名等，她示意我，她弟弟睡在隔壁的房间里。我犹豫起来：离开是胆怯的表现，留下来也许会发生不愿见的事。于是我悄悄征求她的意见，她低声说："快刀斩乱麻，不管它了。"我认真思量了一番，我现在人在乌姆·贝宁的屋里，一旦发生冲突，有口难辩，还会给搬弄是非的人留下口实。于是站起来准备离开，忽然看到一个浪荡小子一边朝我走来，一边问："姐姐，这人是谁？"正如人们所述，他确实或更像女人，说话和手势，比女人更女人，身上还散发着酒气。乌姆·贝宁不知所措，一脸悔恨。这时沙尔巴挥着他的拐杖，说道："混蛋，这是你的主人，是你姐夫的朋友！"

我向大门走去，我走出大门，发现一群妇女，前面说过的那个老

太婆站在最前头，她们一个个打量着我、审查着我。我的仆人跟着我，
136 耳边只听到那小子的威胁声："哼！我是有身份的人，不然，定让你臭
名远扬！"

第二天我将昨晚的事整整想了一天，晚上礼完拜后，我让沙尔巴坐在面前，一边吃东西，一边问他："乌姆·贝宁和她弟弟的事肯定传开了，人们肯定已对我说三道四了，你说，咋办？"

沙尔巴沉默了一会儿，咽下嘴里的东西，开始讲好像在心里藏了很久的很久的话："主人啊，自你第一次探望乌姆·贝宁，说三道四就开始了，还有许多闲言碎语，我都没告诉你，怕令你烦扰，我看最好的办法是你娶了她。"

"我娶她？怎么可能？我都快六十了，而她还不到三十，可能吗？"

"主人啊！你娶她怎么不可能?！我看最好!首先，能堵住闲言碎语；其次，能帮助她管她弟弟；最后，她心里面有你，先是敬仰，后为爱慕，从其言谈中我看到她对你的痴迷。至于说年龄差距，你知道先知穆罕默德早已证明这不是问题。"

还有一个原因，我在心里说："如果我娶了她，求安拉赐福！那就有
137 可能让她实现当妈妈的梦想，我在朝觐时的祈祷也就实现了。她是一
个能持家的女人，像我已归真的妻子一样聪明贤惠。"关于这些，沙尔
巴曾再三强调。

我问他，他确定乌姆·贝宁不拒绝我的求婚吗？他惊讶地说道："她拒绝你的求婚？若非腼腆和矜持以及习俗，她肯定早已向你求婚。托靠安拉！你就放心地以教法规定行事吧。"

我想，首先要好好解决她弟弟的事，我认为此人缺乏关爱。于是我让仆人悄悄把他带到哈姆墓旁。有一天，天快黑的时候，他把小伙子带来了。

我走近他，看到这次他脸上没有抹粉，便知道他最近情况不好：一

副疲惫的样子,一张霉气的脸,一双深凹的眼睛透着绝望,好似被判绞刑的死囚的眼神。我原先以为让他变规矩对我是件容易事，因为我曾在高傲而粗鲁的贝都因阿拉伯人中间周旋,而且能说服他们。但是,当我看到这个年轻人的光景,就知道事情没那么简单。显然,这是一个身
体已经垮掉的病人,我看不必劝诫,最好找专治心理问题的心理医生。 138
以他目前的可怜样，告诫和威吓或惩罚都是罪过，吹灭他做人的最后一丝尊严更是莫大的罪过。这丝尊严需要用爱的眼神和美好的言语来呵护,也许它能生根长大。

我问小伙子的名字和近况,他平静地说得清清楚楚。我又问了一些关于非斯和他家人的情况，他简要地说了一些如腐败蔓延、生活艰难和素丹的暴政等,从而使年轻人玩世不恭,其他人千方百计敛财,他还加上一句,说这种情况在像他这样的学生和手艺人中间都非常普遍。

这是这个年轻人头脑清醒的时候,看来沙尔巴费了一番心思。我想我可以直接向他说明娶他姐姐的想法,于是说:

“萨阿迪啊,我们做个亲戚,怎么样?”

“做亲戚？你有女儿要嫁给我?!”

“不,不,我想在我的朋友哈姆的墓前,向你提亲,娶你的姐姐为妻。”

“乌姆·贝宁经常自豪和羡慕地说起你，有时还用你来吓唬我,如果你能娶她,我很高兴。”

“那么,我们很快会去官府登记完婚,我们都会帮你。” 139

我把一些钱塞进他的口袋里,他两眼放光,连忙吻我的肩膀,表示感谢。我告辞后向拴马的地方走去,沙尔巴在后面一直跟着。

伊历 790 年七月初,是一个值得用金水和喜悦的泪水记载的日子。在这个吉祥的月份,我好像获得了新生。乌姆·贝宁被娶进了家,当时我们举行了一个极其简单的婚礼，只邀请了一些特别要好的朋友和邻

居。各项事情进行得很顺利，就连萨阿迪也规规矩矩，好像告别了荒唐的生活。

看着面前的一切，确切地说，我好像进入了痴迷状态，为眼前的妻子着迷；为全身沸腾的热血而着迷，为充满世界的美而着迷——孩子们
140 的微笑，鸟儿的欢叫，润物无声的春雨。

无比的欢乐！

欢乐！真想偎在爱人的怀中为其献上一首首爱的歌谣！

在七月就会见奇迹！

奇迹！我的生活从此改变，变得那么轻盈。

奇迹！时间像潺潺小溪般从我面前流过。

奇迹！灰心不在，希望归来。

这都是因为一个女人，她是奇迹的钥匙，是宝藏的大门。若非她，我肯定还背着沉重的包袱，匍匐前进；若非她，我的生活仍然与灰心为伴。

尽管我刻意隐藏，但乌姆·贝宁还是注意到了我的变化，而且变着法使我更快乐。她跟着我礼拜，感谢安拉的恩赐，跟着我去探视哈姆的墓地。

一场突发事件搅乱了我们的新生活，我得先妥善解决。据邻居们反映，萨阿迪又旧病复发，把姐姐的屋变成了藏污纳垢的地方。沙尔巴略
141 带责备地说："我说过，这个坏蛋会将改邪归正的许诺置于脑后，你的劝说和所花的钱未起一点作用。无论你怎样操心，魔鬼会常常给他打气。我看，最好是把房子还给房东，把他送到心理病院。"

我赞许仆人的忠告，并征得乌姆·贝宁的同意。为了避免引起萨阿迪的不满，我以处理政治事务的手段，来执行这个计划。其实，这事比钻遍地荆棘的丛林还难。我首先说服小舅子让他在心理病院暂时待一段时间，告诉他，医生和看护我都认识，他们会很好地照顾他。之后，就

去办理了一些必需的手续。

公平！主啊！我享受恩典和幸福，而不去帮助一个无助的孩子，这肯定不是公平！

公平！主啊！世间的这些不幸，人间的那些自私鬼，这是公平?!

公平！主啊！对有些人生活是如此美好，而大部分人却活得那么艰难，这是公平?!

假如我还年轻，我肯定会深入这些玩世不恭的人们的生活，探究其中原因，找到医治的良药。但，但我没办法，没办法也无力。

六个月过去了，与乌姆·贝宁婚后的六个月，伊历790年的半年，记 142
载我的生活和情感的日日夜夜。其间，我看到安拉最完美的创造：一男一女，我常常忘情地说："主啊！你没徒然地创造生活。"我又一次快乐地走进爱的世界，除了让爱人高兴，我已无忧。

虽然已迈进六十岁的门槛，但我还是要说："爱与生活是一个硬币的两面：没爱就无生活。"我还要说："爱与宗教是永不分离的朋友，去其一，就会全无。"

毫无疑问，这是我与前妻生活的准则和思想，只是岁月无情地将其掩埋。而今天，准则依旧，思想永远。

曾经被忽略的事，现在被关注，吃的、喝的、穿的和玩的。

乌姆·贝宁做的每一道菜，我都能叫出名字，每一道菜都透出心思，每一道菜都那么可口。我只能感谢她，感谢这个世间最美的女人。

穿戴，我不太关注样式和颜色，但在乌姆·贝宁的手中变得那么合 143
身和大方，变得芬芳四溢。

旅游，心啊！你说吧！我已无法表达。我从妻子那里获益多多。她先前喜欢出游，知道开罗和开罗旧城的所有景观和遗迹，而我只听说过一些。看我对此表示惊讶，她说，在哈姆生病期间，为了排遣郁闷，她陪着他或乘船或骑马，转遍了这里。

伊历十月的一天，我们一大早就又去发现开罗。我穿着布尔努斯，迈着大步，她穿着摩洛哥大袍，带着压低的面纱紧紧跟着。一走进迈哈穆德区，她就开始给我带路，走进这个门，出了那个门，熟悉得像逛非斯的街区。就这样，我们逛遍了整个开罗城，从法拉吉门进，买哈鲁格门出，路过甘塔尔门、穿过浮图哈门、纳绥尔门和贝尔格门。每到一门，总会去看景观或逛园林和参观清真寺。

我们兴高采烈地走过扎希尔园林，欣赏高耸的椰枣树、芳香的花
144 木、动听的鸟语，被一束束花迷惑，一束束盛开的花，一束束娇艳的花，一束束美得无法言语的花，一束束透出造物主伟大的花。

穿过塔尔哲曼和柏涵丁街区，走过大街小巷，我们来到哈克姆清真寺。在格萨里街，在我的要求下，乌姆·贝宁为自己扯了一件衣服，在宫间街应她的要求，买了一些石榴，她还在书店问有无《鸽子的项圈》一书。

每当走过拥挤的人群，她总是靠着我，总是说“雅朱者、马朱者”①确实，街上人山人海，摩肩接踵，好似赶往复活场一般，这时，我会紧紧拉着乌姆·贝宁，特别留意，时刻准备，留意人们贪婪的眼光，准备对付突发的事件。好在人们很少留意，以为旁边的这个女子是我女儿。

在哈克姆清真寺门口的一个小石凳上，我坐下来休息，乌姆·贝宁和我背靠背坐下，她说，她陪哈姆来过这里好多遍，次数和去爱资哈尔
145 清真寺、宰乃卜陵墓和侯赛因陵墓的次数差不多。她问我，面前的这座清真寺真是一位暴虐的国王所建？我回答说是。

“他真的禁止妇女出门？”

“比这还厉害。滥杀无辜，更改时间，禁止天文学和唱歌。”

---

① 雅朱者、马朱者：《古兰经》中提到的两个古代民族：“直到雅朱者和马朱者被开释，而从各高地蹓向四方。”(21:96)这是末日的前兆之一。

“太可恶了，假如我生在那个时代，就会让他见识见识非斯妇女的手段。”

我笑弯了腰。这时她又问：“修这座清真寺的人是贝尔孤格的父亲还是爷爷？”

我说回家后告诉她。我们继续走，却想：乌姆·贝宁和历史，两个风马牛不相及的事物。真主啊！你让她保持对历史的无知，她的美丽不需要帝王的历史和时代的更迭。

在宫间街，我给妻子介绍了最大的宫殿和首相的宫殿。我还指着萨利赫学院说，我在这里讲学已经三年多了。她依偎着说：“伊本·赫尔顿啊，我啥都不知道，让你见笑了。”

“安拉作证，我怎么会笑话像你一样爱学习的人呢！”

“其实在哈克姆寺前，我想起一件更可笑的事，那个国王不仅喜怒 146
无常，而且靠一群老太婆统治国家。”

“老太婆！”

“他靠她们来打探消息，尤其是官吏们的消息。因此，他知道他们吃什么好吃的，娶了哪家的姑娘等。而这些人以为他是半仙，能掐会算。”

微笑又回到乌姆·贝宁的脸上，我赶紧加上一句：就为这，我笑了。

我们又开始穿街走巷，到了尔德门的广场后，就从赛拉米胡同穿过，到了麦卢西亚胡同，再到侯赛因陵墓，她张着嘴听我讲完关于侯赛因的故事。然后，我们直奔爱资哈尔大寺，进去分别在男女礼拜处礼了晌礼。当我出来后，发现她又在买石榴，一个英俊、与她年龄相仿的小伙子围着她转。见此状，我大怒，想都未想，一把拽住小伙子的胳膊，让他赶紧走开。他慢吞吞地走开，还不时问：您是她父亲？我向您提亲。我压住怒火，走到乌姆·贝宁身边偎着她。我真想把她装进自己的褡裢里藏起来，免得那些年轻人们和我比青春。我责怪她说，刚刚买过，怎么又买石榴。她告诉我，这几天特别想吃石榴，也特别爱吃石榴。

147 沿着赛拉米，我们回到家里，沙尔巴出来迎接我们，他脸上挂着惊讶和疑惑。我放下褡裢后一屁股坐在靠椅上。乌姆·贝宁出去一会儿，端来一盆热水，自过门后，她一直要让我用热水泡脚。记得我曾给她说过，我的前妻一直特别重视饭菜的花样、调理和疗养。而乌姆·贝宁不仅学会了这些，还增加了不少从非斯妇女们那里学来的东西，尤其是挑逗等。

我让沙尔巴准备午饭，他欣然而去，而且很快端了上来。趁吃饭的时候，我努力说服妻子给仆人留一些家务活干，否则他会坐着无聊，也会感到我们不需要他。我给她讲，政治独裁不好，家庭独裁也不美。她顺从地答应，答应凡事要适中，要商量，不会像修哈克姆大寺的国王那样。

午休是必须的，我向卧室走去，这时突然想起关于年迈的问题，转了一早上，我已看到其中的迹象。我想，年迈就是一只脚坚持，另一只却已迈进土里；又想，年迈大概是慢慢走不动，最后是绝望的瘫痪，死亡只是实现平静，不再有感觉。

148 为了和妻子看起来差距不大，当然她看我一点也不显老，从今天起，我得藏起老态龙钟，得让瘫痪等疾病失望而归，得听从健康长寿者的忠告，还得求安拉襄助。主啊！你不要让我老得连自己都受不了，不要让我老得连靠椅都坐不住。

我站了一会儿，便去阳台找妻子。她若有所思地坐在那里，津津有味地吃着石榴，时不时看一下肚子。猛然觉察到我的存在，有点腼腆地说想吃梨和蛋糕。我叫沙尔巴去最近的市场买来蛋糕和梨。忽然，她像小孩一样哭了起来，我连忙问，还要其他水果和甜点？她用异样的眼光瞅了我一眼，怪我不懂她的意思。犹豫了一会儿，她把脸埋进双手，呜咽着说："伊本·赫尔顿啊，我有喜了，有喜了。"我差点也哭起来，激动和兴奋！从未认真想过的事！我一把把她紧紧搂在怀里问道："乌姆·贝宁，你有喜了！真的！"

"表现都很清楚。"

"你们的主说：'你们要祈祷我，我就应答你们。'（40：60）"

欢乐的激动，让妻子哭的欢乐，从未想过自己会遇上的激动。我将 149
其称为生活的意义。生活就是慷慨而幸福地接受和给予。

沙尔巴买来了要买的东西和一些水果及饮料。我站起来，拥抱了一下，悄悄告诉他这个好消息，并叮嘱他好好听乌姆·贝宁的吩咐。他听后连连道喜，并祈求乌姆·贝宁顺利生产，然后转身离去。我咂巴着嘴喝着饮料，而有身孕的妻子一边补妆一边吃蛋糕。

自从知道这个消息，我便扳着指头算日子，总嫌过得慢。看着妻子一天天鼓起的肚子，已没了心思研究历史和现状。对，从胎儿看不见的力量转变为看得见的动作，这值得全身心的研究！偶尔在研究之余，我翻翻书稿，修改修改，斟酌斟酌，有时加上一些灵感。晚上，我礼完副功拜，便看看《鸽子的项圈》，读读《乐府集》。而大部分时间在隆起的肚子边度过。这可是沙尔巴给我的建议。我觉得此人真是个大好人，应该不受清算而直接进天堂。

在这个吉祥之年的宰牲节，乌姆·贝宁有身孕已六个月了。感谢安 150
拉，她已平安度过较为艰难的时期。在节日的中午，家里来了一些前来祝贺的朋友，有素丹的侍卫，也有住在此地的马格里布人。下午，我拜访了邻居和一些穷人。之后去心理病院看看萨阿迪。哎！看到的和听到的太可怕了！

院里的掌事说，我的小舅子看来是不行了。他自昨天就拒绝用药、说话和进食。我问医生，真的难治吗？他强调说，像他这样严重的心理病非常麻烦，几乎不可能治好。我问还有其他的办法救他吗？他说除了强行喂食外，只能听天由命了。在两个护院的陪同下，我走进萨阿迪的房间——简直像监狱或牢笼，看见他躺在床上，像死人一样，一动不动，两眼盯着水迹斑斑的天花板。我坐在他旁边，想吸引他的眼光，却发现是徒劳的。我轻轻掀开盖着的毯子，他的身体状况吓了我一大跳：瘦骨嶙峋，四肢干枯，浑身是饭渣和霉味，被绑在床上。我问为何要绑，说是怕他自杀。

主啊！像这个样子，还有力气自杀?!

我忍住眼泪，俯身在他耳边问我的名字，但无益，然后我几乎是在
151 喊：“你说要什么？”

我喊了又喊，正当精疲力尽之时，忽听病人幽幽而断断续续的声音：“我要阳光和尿尿，要太阳和生活。”

我以为这是易卜劣断[1]的教唆，或是因发烧过头的胡言乱语。但还是问：“萨阿迪啊，我怎么给你拿来你要的东西呢？”

他看了我一眼，我从未见过如此绝望的眼神，他深吸一口气，几乎用尽全力喊道：“把我从这个牢房放出去。”

在这个快入土的人面前，所有的问题和条件都是徒劳的。我不假思索的答应明天要接他出去，而且发誓，他要是进食和配合接受必要的抢救，我一定会履行我的诺言。他深深舒了一口气，脸上有了一些喜悦之意。

我让两个护院松绑，他俩犹犹豫豫地解开绳索，端来最好的饭菜，当然我多付了几倍的钱。看着病人艰难地吃完饭，我让人给他用香皂
152 和热水洗了个澡。然后，我吻了他一下，告诉他放心，我很快就会回来。
我走进院长的房子，抱怨说：

“这是心理病院还是死人寄存所？”

“老人家，别这么说，不是你把病人放在这里的吗？”

---

① 易卜劣断：阿拉伯语音译，意为恶魔。

“我放在这里是要治好，不是治死。”

“但我们使出了浑身解数，发现他已完全扭曲，对自己和别人都是个危险。”

“那就让他慢慢死掉？！”

“公共利益之上，国家和我们都有防止危险的义务。法官大人啊，你曾经不也是废寝忘食地这样做吗？”

“可是，我认为公共利益也不能成为草菅人命的借口。行了。我明天来接小舅子走。”

“哈志啊，出去和进来不一样！”

“什么意思？我交了住院的所有费用，而且都多交了。不让领走，死在这里？”

“老人家，别这样，可以出去，但要交保证金，还要签保证书。” 153

“释放的小费，多少？”

“三千金币，两千是专门收费，一千是一般收费。”

“‘你说：我们只遇到真主所注定的胜败’（9:51），顺安拉的意欲，明天我来安排。”

我朝家走去，一肚子怨气，进的时候要钱，出的时候要得更多，怎么找了个这样的地方！哪有这样的制度！

乌姆·贝宁见状，问我为何事生气，我没告诉她发生的事，怕她受打击。

夜深，在睡前我想动用宫中朋友们的关系来免收这笔钱，但是很快便否决了这个想法，免得小事变成大事，导致人们又对我说三道四。

早上起来，我脑中冒出一个想法，好像是梦中所见：请教马立克学派的一位苏菲大师谢赫·莱季腊吉，看看小舅子的事怎么处理好。他曾和我一道处理过一些马格里布人的问题。

我早早去了开罗城外的谢赫的修道所。和他一起坐下，我们面前摆

着一个小盘,盘内有些煮过的薄荷叶。我直奔主题,给他说了情况,为
154 萨阿迪的处境很不平,认为必须要把他接出来,但也许只有清廉的卧
里才能减轻其痛苦。

谢赫·莱季腊吉低头想了一会儿,抬头看我,他满脸光华和微笑,好似任何难事都会解决,任何困难都会过去。他说:“别愁,别急,你先说说国家大人物的情况,说说到了哪一步?”

我很奇怪,他怎么关心起这些人来,我一直认为,国家大人物和修士根本不相干,或基本没关系。我做了简要回答,并自信地说:“艾布·阿卜杜拉啊,看起来,他们都还好。他们之间的停战好像还有效,刀剑还在鞘中。”

“情况不像你所言,你不知道?还是不想说?其实,耶立贝格·纳赛尔和贝尔孤格的关系很紧张,毫无疑问,最后会刀兵相见。你可以从现在就选择,押押宝,看谁赢。”

看来有身孕的乌姆·贝宁让我忽视了其他事,隐居的苏菲都比我知
道得多。如果不是不得已进官府干事,现在的这个情况是最幸福的。我
请教谢赫,他为何爱了解俗世。他答道:“也许因为我出生在摩洛哥海
155 边一个叫莱季腊吉的地方,在那里长大。这是一个天气无常的地方,船
只能靠冬季的汛风出海。无常的天气,汹涌的海水,悲伤的场景一直留
在我的记忆中。甚至穷人们也分成门门派派。他们大体的情况是:

有人认为苏菲就是放弃今世,万念俱灰。也有人认为,苏菲是接受安拉的教导,让民众懂得美、真理和公平的价值。我大概属于第二类人。另外,伊斯兰教不就是功修和俗事吗!各有各的时间,我就这样度过每一天,直到去见安拉。”

“您说得太好了,愿安拉赐福您!”

“你来的目的,给我说说。”

“我的小舅子的事,说来话长。”

“哦，对，在马格里布和这里我见过比你小舅子的情况更糟的。最后我相信：粗暴、隔离和暴力无法治好扭曲的心灵，办法只有倾听他们的故事和遭遇，然后好言引导，让其明白是非好歹。理解，只有理解才是解脱的办法，愿安拉帮助。”

我为了明确谢赫的目的，问道：“艾布·阿卜杜拉啊，怎么办？”

“你小舅子的归宿不在你家和心理院，而是在这个修道所，和修道 156
的穷苦人一道，我教他如何敬畏安拉，如何保护自己。‘至于怕站在主的御前受审问，并戒除私欲的人，乐园必为他的归宿。’(79:40~41)”

“我全指望安拉和您了，但是，小舅子还无悔意，如何办？”

“那么，你先把他送到纳苏尔门外的格兰蒂里耶修道所待一段时间。”

我以前知道这个派别，叫麦拉米提耶派，他们不遵规矩，不守习俗，因此招致人们的指责和断交。但我没问谢赫推荐去此处的原因，高兴地接受他的建议，起身吻了他的额头[1]，而他一边说使不得，一边吻我的手。

就这样。

太阳未落，接受心理院的种种条件后，我把萨阿迪带出来，把他交给了谢赫·莱季腊吉（愿安拉赐他长寿），同时我的种种许诺让萨阿迪有了笑容。

在爱资哈尔清真寺礼完宵礼后，我高兴地回到家里，发现妻子因一
整天见不到我而非常着急。我搂着她，抚摸着她的肚子，说了她弟弟的 157
事和我的安排，她这才放下心来，说很高兴看我这样安排。

躺在床上，关节痛又发作了，这次很厉害，没法不让妻子知道。一听我说，妻子连连诅咒政治，赶快找来她的拿手好戏——拔火罐。她从

① 吻了他的额头：阿拉伯人吻额头和手表示尊敬。

床下拿出一个小箱子打开，拿出里面的小罐，用水抹湿，然后点着蜡烛，用火一烤后拔在关节上。疼痛慢慢减轻，我让多拔了几罐，感觉好多了。之后，她用油给我轻轻擦背，渐渐地我睡着了。

伊历一月十日是阿舒拉节，我想陪妻子去参观一些什叶派的圣地。我让她选：侯赛因陵墓、宰尼阿比德墓、乌姆库里苏姆墓。我说：“这都是一些法蒂玛王朝为受迫害的先知后裔所建，以供人们瞻仰，另一个王朝虽加以禁止，但人们仍然前往。”

可是，乌姆·贝宁——她明白事理了——却说不想去，怕被拥挤，或
158 突然临产。她说：“伊本·赫尔顿啊，你忘了我已经七个月了，我感觉女儿会像我一样早出生。”

“你说是女儿？谁说的？”

“她的动作轻柔，还有接生婆也这样说。你看，给女儿起个已归真的祖母的名字，行吗？”

我把妻子搂进怀里，亲了一口。我不是那种重男轻女的人，我想起一段“圣训”：“不要讨厌女孩，她善解人意，讨人喜欢。”然后对妻子说：“不管男女，我都高兴，生下第七天就起你选的名。感谢安拉！”

我用过早餐，暗下决心，不出家门，陪妻子、看书和修改稿件。

我待在书房里，开始想哪些书先读，哪些事要早做。也许我该继续写《历史殷鉴》中的马穆鲁克这一章，还有自传《伊本·赫尔顿及其游记》。

对这些释奴的研究让人很头痛。我得找出没有分歧的记载，从斑驳复杂的事件中找到真相。不要以为我这样做是为了消磨时间，或排解
159 来临的年迈，而是有两个原因：一个是为大众，即让后人从历史经验中获取教训；另一个则是个人原因，我觉得应该承认，即要了解现实，找到让自己在权势们的政治斗争中不受牵连的方法，免得自己被流放，或被充发，或被杀。我写道：“学者最应该远离政治，尤其当政治变成一

种要阴谋和玩诡计的手艺，变成消灭和死亡的工具。”这都是我在马格里布国家的经验所谈，也是我来到埃及之后的客观观察。另外，在这个地区，马穆鲁克人中的强者无疑是能做到内部联盟对外修好的人。或者如我所述，得到宗派忠诚和善于宗派经营的人。因为随着这两个东西的膨胀，每一派都会想吞掉另一派，或消灭它。而学者，无论是苏菲修行者，还是说要保持中立者，都无法逃避宗派的梦魇，除非他疯了或装傻。在素丹看来，学者的立场只有两个，或支持或反对。这是自我来到这个国家后得出的结论。萨尼·埃塔比克让我进了贝尔孤格的官府，
使这位素丹通过照顾、食物和俸禄把我拴住，而且在权力斗争中不断 160
提醒我，我欠他的债：吃的、喝的还有命。安拉知道：在官府里，我尽量保持清醒，尽量不献媚，以示我不想从政，也不想受其荫或受其害。

还有，必须要研究素丹们的现状——个人动机，研究与其关联的个人希望。

通过我收集的事实和对其关系的研究，我相信，在这个奴隶做主的国家，一个人的生命掌握在魔鬼的手中。经历过历史基本规则——淘汰和清洗——的人会明白其中的道理，即使象棋高手和高明的占卜人也无法躲避。你不知道灾难何时降临，不知为何受赐，也不知因何故被原谅。可以称其为立场之父或麻烦之首，你或者装聋作哑，或者违抗他们，或者在纠结的乱麻中找到自己的出路。

我写下一些关于马穆鲁克——伯海里系和布尔吉系的篇章，像往常一样主要关注苏丹们的更替：登基、推翻；打仗和战争；灾难和杀戮；还有伴随它的暴动和造反。在一大堆事件和演绎中，我偶然得到与扎
希尔·贝尔孤格相关的重要发现，帮助我度过后来的艰难时刻。它就是 161
这位素丹喜欢得势后宽容，谨慎使用暴力。与其他豺狼般的苏丹们不同，他只在不得已的情况下动武，他会将被打败的对手官复原职，而且以此为乐，当然有时要将后者关上一段时间，或惩罚一番。他曾这样对

待一起夺天下的伙伴拜耳克，后者曾起来造了他的反，而贝尔孤格只是将他关在亚历山大，后来在他不知情的情况下拜耳克被暗杀。他也同样对待其在叙利亚哈莱卜的总督纳绥里，后者是他最危险的敌人。

我试图明白贝尔孤格这种性格中的秘密，发现与他成为素丹前的过去有关。他曾是外来的释奴，饱尝卑贱、压迫和俘获之苦，也曾胡作非为。就这样，在马穆鲁克素丹中有杀哈季素丹和其后人的凶手。关于这些人，我在《伊本·赫尔顿及其游记》中写道：

“马穆鲁克建立之初，一些马穆鲁克人四处为非作歹，抢劫、绑架、入室和奸淫等，人们怨声载道，哭天喊地。素丹得知情况后召集大臣们商议，他们要他出面制止，于是他让大臣们回去后，便调集军队，并发布诏令，要求将这些歹人全部抓起来。转眼间，歹人无一漏网，全部被
162 戴上脚镣，投进监狱，被绑在骆驼上四处游街，最后大部分人被腰斩处死，剩下的或充发或被关在要塞中，后来被释放。其中就有拜耳克、塔柏格、哲海利克斯和后来成为素丹的贝尔孤格。”

学问之灾就是忘记。所以，要记住今天盘踞在宝座上这位老兄的过去，以便使其形象回归原来，让其命运一览无余。

贝尔孤格这个释奴作奸犯科，抢劫、绑架、强奸统统有份，真可谓是罪恶累累！

贝尔孤格这个塞加西亚人曾被关进监狱，戴上脚镣，在大街小巷被游行示众！

他的生活像流浪汉或强盗的生活一般，时刻面临死亡，轻视惩罚和后果，但他每次都能侥幸逃脱，好似他不是有一条命的人，而是不死的九头鸟。

显然，他来自罪恶之城，是野蛮之人、暴力和犯罪之徒。他就是今天成为素丹的贝尔孤格，他寻找忏悔的大门，他想公平施政，宽厚待人，好像要用这些来洗涤黑暗的过去，期望得到伟大安拉的宽恕。

就这样，我在《历史殷鉴》中对此作了详细论述，而在《伊本·赫尔
顿及其游记》中简略提及，而且表述温和了不少，我写道："之后，贝尔 163
孤格独自管起国家，他或用恐吓、纠错和调节来处理国家的各项事务，
他吸取盖拉温的继承者们贪图安逸，生活奢华，最后导致国库入不敷
出的经验，重视平衡收支，注意节俭，及时解决问题，这是他后来坐上
宝座的原因。由于盖拉温的继承人个个无能，最后贝尔孤格集团的人们
推举他做素丹，于是于伊历784年九月十九日登基，号称'扎希尔'[①]"。

一月下旬，我一直在家或看书或写作，当然还有照顾妻子，时而听
听胎儿的动静。再有两天这个月就完了，也就在星期四的早晨，我正在
看书，忽然听到乌姆·贝宁的叫声，紧接着一声又一声呼救声和疼痛的
叫喊声。我想，这是临产阵痛的叫声，我赶忙向她跑去，并让沙尔巴赶
快叫接生婆来。我进屋时就发现她已开始阵痛，疼得满头大汗，狠狠咬
毯子角。我一边坐在身旁抚摸她，让她感到我就在身边，一边用沾着花
露水的毛巾擦拭她的脸，并暗自祈祷：消除忧虑和困难的主啊！你让她
顺利生产，减轻生产的痛苦。主啊！你让胎儿顺利地从黑暗的娘胎来到
这个光明的世界。主啊！请赐予顺利，不要让我们陷于困难。主啊！求 164
你赐我们健康和幸福生活。

只过了一会儿，接生婆带着助手来了，她示意我出去。我回到书房，却心神不定，胡思乱想，只好一遍遍向安拉祈祷。

艰难时刻！太艰难了！

主啊！我已饱尝艰难，尝过瘟疫夺取父亲和老师生命的艰难！尝过大海接纳妻儿的艰难！

我紧张万分，时间好像蜗牛一般，不愿前行。

忽然，听到一声胎儿的叫声，紧接着是哭声。接生婆出来让我进去

---

① 扎希尔：意为强大者。

看看妻子和孩子，说一切平安。我高兴地连声道谢，连说辛苦。我进屋后俯下身子亲吻乌姆·贝宁，感谢安拉，她母子平安。

产妇脸色蜡黄，披头散发，脸上的泪水和汗水交织一起，好像刚经过一场激烈的战斗，胜利而归。我请接生婆好好照顾妻子，便走出去见
165 沙尔巴，他在门外一直喊我，见我出来，便流着眼泪激动地拥抱了我一下，连连道喜，接着交给我一封封口的信件，说是素丹宫中送来的。打开一看是一份素丹敕令，任命我为苏尔格曼什学院圣训学教授。签发的时间是两周前，但没关系，太好了！我拥抱了一下沙尔巴，让他进去看看乌姆·贝宁和女儿。我坐在书房里兴奋地自言自语：好事连双！喜事成对！是个有福气的女儿："当时，你们的主曾宣布说：'如果你们感谢，我誓必对你们恩上加恩。'"（14:7）主啊！你的恩典使我成为最幸福的人，我感谢你。我起身洗了小净，礼了一番感谢拜。接着把圣训学的经典全部找齐，想把《马立克圣训辑录》作为主要参考，因为他是麦地那——圣训学的发源地——的教长。

之后，我向乌姆·贝宁的房间走去，走近一看又折了回来，因为里面坐了一屋子的女人，大的、小的、老的、少的，吃着甜点，喝着香奶，唱着欢乐歌。我叫来沙尔巴，给他一些钱，让他买来家里所用和孩子出生庆祝日所需的羊[①]。然后我去翻阅《马立克圣训辑录》，为当天下午的讲学做准备。

我选择以马立克教长的圣训辑录为主要教材，是因为我曾得到马
166 格里布地区圣训家对此研究的肯定和传授的允许[②]，并非派别原因，也非故意抬高遵循该学派的马格里布人。另外，埃及学生确实需要圣训

① 阿拉伯穆斯林的传统，孩子出生后第七日起名、庆祝，并宰羊一只，以示感谢安拉的恩典。

② 传授的允许：穆斯林学者有个传统，从事讲授伊斯兰教宗教学科，尤其与《古兰经》和圣训学需得到该领域专家所颁发的类似今天毕业证的允许讲授证书。

学方面较为易懂的圣训辑录，也需要了解这位不偏不倚的杰出教长。艾哈迈德教长曾说：“说起‘圣训’，马立克教长是权威。”沙斐仪教长在以前就说过：“如果是马立克教长传述的‘圣训’，可放心接受。”我思考了一下讲座的大纲和讲授的方法，即首先介绍马立克教长的生平，尤其他认为的传述“圣训”必备的条件，如身心健康、信仰坚定、坚守宗教义务，还有学者和宗教人士的肯定等；其次，关于《马立克圣训辑录》的各种版本，哪种版本更可靠等；最后讲解其中收录的“圣训”明文。

妇女们的欢呼声一声高过一声，我只好匆匆吃点东西，告诉沙尔巴说我宵礼后回来，便去苏尔格曼什学院见前任圣训学教授。

一回到家里，我直奔乌姆·贝宁的房间，发现屋里还有几个妇女，便向她们道了“赛俩目”，她们回答后，只留两位去厨房，其余的都告辞回家了。

乌姆·贝宁看起来非常高兴，脸红红的，感觉欲言又止的样子，而孩子眯着眼睛在妈妈怀里吃奶。我凝视良久，好像是第一次见吃奶的
孩子。我感慨道：“主啊！这是个有福的女儿，一出生就带来福气，第七 167
天那天就给她起名。孩子妈！问问我，我去了哪里？告诉你，贝尔孤格素丹任命我担任艾哈迈德清真寺旁的一座大学院的教授，生这个福气的女儿的早上，任命书来了。我今天讲了第一讲，猜猜情况如何？一切都好，一片赞赏。”

她有点吃力地说：“感谢安拉，祈求安拉为了女儿妈妈护佑你。求安拉让你事事顺心。”

多美的语言！直钻心田，让人感到温暖和惬意。

我俯下身，亲亲妈妈，又亲亲女儿，之后便告辞去书房休息。

第七日早晨，我希望今天的庆祝简单大方，也就是不请男宾客、没
有乐队和大餐，因为我不想听到说这么大年纪还生小孩等闲话。至于
妇女，则不归我管，虽然一再叮咛妻子少叫几个人。我想起萨阿迪，让 168

沙尔巴去请他来一起欢度今天的节日，也看看他的病恢复得如何。

快到中午时，屠夫来了，我亲自下刀宰杀了那只早准备好的绵羊，在一片欢呼声中给女儿起了名。沙尔巴忙前忙后，一会儿帮屠夫，一会儿去厨房帮忙。萨阿迪看起来恢复得不错，也帮忙搬桌子等，也不在意混在女人堆里。

如我希望的，一切很顺利，大家吃毕，该送穷人的肉都送完了[1]，我回到一个有扇窗户可以看到客厅的小屋。自下午起，客厅里来了一拨又一拨的女人，我不认识谁是谁，也不知道她们都是谁家的。当然，像这种场合，易卜劣厮肯定会大有市场，于是乎马格里布女人、埃及女人纷纷高歌起舞，打起手鼓，弹起乌得琴，还有杯子声和盘子声。乌姆·贝宁幸福地坐在中间，穿着鲜亮的新衣服，手脚用指甲花染过，点点红色，极为妖艳。

我知道，当地的妇女在婚庆等场合会就甜点吃一点点类似大麻的
169 东西，从而会兴奋得连唱带跳。面对这种习俗，我这位马立克派的法学家只好将其交给安拉处理，求他宽恕。

当我想清静一会儿，去关小窗时，发现萨阿迪混在女人堆里，极其熟练地和她们一起高叫、跳舞。我连忙拍手，说道：这种错误一定要制止，于是叫来沙尔巴，让他马上把萨阿迪找来。

“你是男人还是女人？”

萨阿迪被我的吼叫声吓了一跳，很快恢复正常，用极其女性的样子，说道：“大师啊！问啥？咦！把这个交给创造并完美造化的主。”

“你，你胡说什么！求安拉饶恕！”

“主和我商量过吗？他创造了我，却少了协调。呜……呜……把叫做‘不男不女’的我生成这样，还有比这更惨的吗？”

---

① 穆斯林的传统，要将在这个庆祝日所宰的羊的一部分分送穷人。

他边哭边说，好像诉说自己的无奈和羸弱。我把他搂在怀里，让他不要再哭，说如果愿意，还是和刚才一样去玩吧。他开心地走了，还说明天早上就回修道所。

唉！主啊！这件事也交给你了！

在我看来，文化或者是乡村的，或者是城市的；素丹或者是公正 170
的，或者是暴虐的；缺陷或者是先天的，或者是后天的；凡事或者是可能的，或者是绝对的，至于二者之间，或像萨阿迪这样矛盾的统一，我从未遇过，也无能为力。

女儿带来的福气、安拉赐予的另一个恩典降临，女儿三个月时，我被任命为拜伯尔斯宗教地产主管，接替归真的谢尔弗丁·艾诗格尔。

拜伯尔斯宗教地产位于纳绥尔门内，离马哈穆迪亚不远。这个职位对我来说最好不过，俸禄多了，我可以购买一些书，可以满足家里所用，还有些富余。虽然我知道这不可能是永久的，有可能一夜之间就会失去。

情况如此，担任该职位才几个月，就有种种迹象显示要被罢免。看着女儿和她妈妈，我只希望困难是暂时的，一切都会好的。让爱人脸上挂着的幸福消失，这简直是造孽。但是聪明的妻子看出了端倪，有一天
她忽然问我，而我当时因听到的坏消息而心情沉重，说贝尔孤格和他 171
在哈莱卜城与马耳他的两位总督之间的矛盾已经非常尖锐了。她说：“伊本·赫尔顿啊，你心情如此沉重，给我说说，为何事？”

看来只好简要地说一下了，也许心情会好些。我说：

“夫人啊，素丹这次面临四面楚歌。”

“这和我们有关吗？这个走了，另一个就来了！”

“比这要复杂……如果贝尔孤格完了，我的职位也就飞了。”

“这个，愿安拉佑护！假如发生了，那我们就卖嫁妆和首饰，还有碗盏器皿和多余的东西，安拉襄助，我们不会饿死的！”

镶银描金的杯盏、丝绸的衣服、不错的窗榻，真的，这些我任职期间购置的东西可以让我们至少撑几个月。何况我们还有些积蓄。

乌姆·贝宁简单而深刻的几句话使我不再担心吃的，但还是说：

"混乱会造成死亡威胁，身处其中，我担心是否能保住性命。"

172 "如果情况不妙，我们就逃回非斯，和亲朋好友们生活在一起，我特别想念非斯城的城门、浴池、水和园林。"

"从火堆跳进陷阱！"我心里说，看着心疼我的妻子，不忍让她担惊受怕，便说："安拉会安排的，宝贝女儿的妈妈，快去，女儿在叫你。"

有些情况不能说托靠安拉就完事。要拴好骆驼，再交给安拉。[①]或者正如谢赫·莱季腊吉所言，看我押谁的宝。

耶立贝格兄弟间的冲突越来越厉害，据可靠消息说，武装冲突已从大马士革渐渐逼近埃及的心脏、布尔吉马穆鲁克人的标志——开罗的郊区了。

自六月下旬开始，素丹方面的消息越来越少，甚至侍从和卫队的驻地门都被关上，好像空无一人。所以，我只得靠人们的各种传言，然后结合在每天去苏尔格曼什学院、拜伯尔斯地产和谢赫·莱季腊吉修道所听到的消息加以分析。

173 最后，得到确切消息，贝尔孤格失踪了，而纳赛尔和曼塔什两人在土库曼人和蒙古人的帮助下占领了城堡，并立埃米尔哈季·本·艾什立夫为素丹，号称曼苏尔。后来听到贝尔孤格在埃米尔塔伯格——前者曾将其监禁在亚历山大，而现在是造反者的同盟——的保证下，将自己交了出去。根据各种消息分析，这个保证保住了贝尔孤格的性命，而曼塔什却一心想要了他的命。就这样，贝尔孤格暂时被关在了大马士革的监狱，等局势稳定后再定夺。

① 源自"圣训"：有人来见先知，到门口后，跳下骆驼，径直奔先知而来。有人曰：拴好骆驼，否则会跑了。答曰：我交付于安拉。于是，先知说："先拴好，然后托付给安拉。"

在家里，我无法隐藏自己对局势动荡的不安。因为我知道历史发生大变革的时期，个人无法置身事外去专心从事学术。另外，我曾蹚过政治的浑水，而且现在就在官府任职，现在朝代换了，我的职位也就得换了。主啊！除非我改旗易帜，适应新的形势。如果问，我能在目前凶险的局势下坦然处之的奥秘所在，那就是妻子乌姆·贝宁，她现在是我的 174
庇护所，在其中我得到心灵的安宁和身体痛楚的消除。我开始享受接受她的治疗，听她对局势的点评。

若非怕灾难突然降临，我肯定会这样下去，待在这个小家里，身边围着漂亮的妻子、可爱的女儿，不问世事，潜心著述。

伊历891年的下半年，听到造反者内讧的消息，他们在城堡和埃布里格宫附近打了起来，说是由于是否将贝尔孤格处死而意见不同。坚持处死贝氏的曼塔什打败了另两位，并将纳赛尔投进亚历山大的监狱，独自把持朝政。

关于这个原马耳他总督的胜利者，我只听说此人性格暴躁、有仇必报、崇尚暴力、善弄权术。看来我有幸要亲眼见识这位老兄的这些毛病了。有天，他的侍卫把我从家中带到宫中，面对面地见到了傀儡哈里发和新立的素丹哈季，还有各个学派的法官、穆夫提和一些军队首领。我们正站在议事厅的一角互相问候，曼塔什全副武装进来，后面跟着军师和司令，他傲慢地向大家道了一声“赛俩目”，就令一位穆夫提宣读 175
一份“费特瓦”，意思是贝尔孤格勾结纳赛尔阴谋背叛哈里发，消灭穆斯林的军队。

我鼓足勇气，没道“赛俩目”就直接说：“埃米尔啊，发布‘费特瓦’是一件非常严肃的事，需要和法官们一道商议，还需要证据和证人。”

埃米尔粗暴地说：“嗯？你说要证据和证人！你就问我的这些将军们吧；如果不够，扔了书本，离开家上战场去问士兵，他们会告诉你，贝尔孤格如何勾结异教徒残害穆斯林军队；还不行的话，埃及也不需要你的‘费特瓦’,也许不需要你的存在。”

我不做声了,不是我无言以对,而是掂量了一下反驳的后果,如监禁或流放,说不定会杀了我。这时他和一位手下在说什么,大法官白德尔丁·贝格走到我跟前,悄悄说:“哈志啊,别太认真,我们都得用‘塔基亚’[1],否则会没命。”然后拿起军师递过来的笔签上自己的名字,其他的法官和军队首领们都依次签上名,我毫无办法,只能也签上自己的名字,但好似如鲠在喉。

176 大伙儿散去,曼塔什手握宝剑轻视地看着法官们离开。

我不知道怎样走完了回家的这段路,我怕突然出来一个人要了我的命。

“乌姆·贝宁啊!快给我盖上被子!快点!我浑身发冷发热;你看看有何药,赶快都熬上,我快不行了;我已感到乌云压顶,今天的事肯定没好结果,或者是签字的后果,或者是签字迟疑的结果,或关监狱或被免职,还有可能比这更可怕的结果。女儿和你怎么办?主啊!你俩是我生命中唯一的牵挂,是值得拼搏的动力。乌姆·贝宁啊!如果不是你,如果没遇见你,那我肯定会对命运说:‘就这个皮囊,你看着办吧,撕碎、砸烂和毁灭,只留一缕青烟——回到安拉御前的灵魂。’”

妻子往返于卧室和厨房之间,熬药、做饭和听我唠叨。她坐在我身旁,给我一勺一勺地喂药,用凉水擦拭我的脸和胸脯,然后用放了花露
177 的冰水擦拭我的额头和双眼。她说:“伊本·赫尔顿啊!睡吧!睡着了就不会说胡话了。”

“亲爱的,胡话源自出鞘的剑和四溅的鲜血。”

“睡吧!念《古兰经》中‘世人章’。”

我心里道:“遵命,宝贝,我尽量多念‘世人章’,我会睡着,可我担

---

① 塔基亚:什叶派最重要的原则之一,即在危险时刻可以隐藏自己的真实思想。

心贝尔孤格的或者是曼塔什的马穆鲁克人把我从睡梦中拉起来，拉到沙漠，有人说：胡乱签字的坏蛋，你会被晒成肉干；而另一些人却说：不想签字的罪犯啊，我们会将你投进黑暗的监狱。”

自从十一月二十五日在那份假“费特瓦”上签字到月末，我一直待在家里，除了礼拜，就是诵读《古兰经》，以此来排遣心中的不安。从十二月初开始，我又捺不住去打听消息。后来的一些日子，我从谢赫·莱季腊吉和前面提到的大法官及一些官宦家子弟那里打听消息，有消息说，这次贝尔孤格卷土重来，曼塔什情况不妙。据说是卡拉克人和总督很同情贝尔孤格的遭遇，要帮他夺回宝座，后来其旧部和一些贝都因
阿拉伯人纷纷加入其麾下，从而组成一支大军占领了加沙地区，并挥 178
军直指大马士革。后来的消息只是听说，并不知其真伪，说是在大马士革附近一役中，哈季和曼塔什的军队惨败。又有确切消息说，贝尔孤格已完全控制大马士革，并准备回到埃及夺回宝座。

这时，这位马穆鲁克人的首都的情况是，效忠他的人从监狱里跑出来，占领了城堡，赶走了曼塔什的部下，并且在一个名叫拜塔的奴隶的带领下占领了埃布里格宫。

我面前放着十几页白纸，我想将这个马穆鲁克国家的历史详细记录下来，但除了记忆外，不敢将其写下，我命悬一线，回来的这个胜利者有可能将其割断。他肯定会看到我在那张纸上的签字——那张宣布废黜他的纸。他能理解我们当时的处境：刀枪之下，被逼无奈？

唉，这都交给安拉吧！也看素丹是否乐于宽恕。

情况一天天明朗起来，而我每天在家、清真寺和学院度过一些时辰。同时，也忙两件事：一是去马格里布人的街区转转，二是作一首能让贝尔孤格宽恕的诗歌。

我一有时间就去离我家不远的齐伟拉街区转转，或去爱资哈尔清 179
真寺附近的喀塔玛街区逛逛，都是一些马格里布人住的街区，法蒂玛

人曾在这些地方建了许多名胜,而现在只留给历史学家叹息。显然,我去这些地方的原因一是打听家乡的情况,二是解思念家乡之愁。谁知道呢,说不定哪天就去突尼斯或非斯。

关于给贝尔孤格的诗,我几乎一夜未眠,反复推敲其结构、韵律和内容,因其中矫揉造作和献媚求情,总感胸口压千斤巨石。诗歌一旦没了情感,就剩下游戏而已。这是我一生作诗而得出的经验。一进入如此诗歌的世界,感觉写作的冲动强烈起来,好像诗句如泉水般汹涌而出。我写道:

君乃豪杰士,希望手中握。
不负弱者望,尽显英雄色。
吾一釜中豆,盼君施援手。
本是他乡人,异国遇明主。

180 快到黎明时分,我从床上爬起,写下另一些必须要有的诗句:

诽谤中义士,流言伤吾心。
生活本无常,君恩溢芳香。
慷慨有去处,尽在君处藏。
今喜君安归,望恕无奈人。

这都是一夜之功,因斟酌过度,一身大汗,浑身散架。

伊历 892 年年中,贝尔孤格以胜利者的身份进入首都,极尽威风和排场。据说,他在大马士革一打败曼塔什就召集法官们颁布法令,废黜哈季素丹,并让阿拔斯哈里发重新确认他为素丹。等稳住局势后,就任命拜塔为首相,打开监狱,释放犯人,让一些人官复原职,其中有纳赛尔和塔伯格,让二人分别任哈莱卜和大马士革总督。看到这些举动,我
181 觉得有希望,连呼庆幸。但高兴没多久,就听到苏顿被任命为御前大臣,我知道拜伯尔斯宗教地产一职没希望了。因为在我任法官期间,此人曾找我提出一些非法请求,被我拒绝,所以一直怀恨在心。后来我被

叫去见素丹，他在旁一直指责我不坚持原则，竟然在废黜素丹的“费特瓦”上签字，于是素丹不理我的申诉，下令罢了我的官，放我回家。

我一回到家，便搂着妻子，连吻女儿，庆幸逃过一劫。到晚上，又拿出诗稿斟酌一番，加上今天的感受。

官职是何物，尽俘世人心。
来时有说道，去时无理由。
原本寻他物，却得此烦恼。
岁月有公道，沧桑是坦途。

忽然冒出个想法，即再加上几句，把它送给现在是大马士革总督的老朋友塔伯格，希望他在素丹跟前替我美言几句。于是，又依照此意，造出几句，凑成一首整诗，找一信赖之人，交到塔伯格手中。一番苦等，此诗终有善果，不仅得到素丹的原谅，还得到一些赏赐。

虽然总管一职被免，但教书的俸禄和法尤姆几亩薄田的收入不仅 182
足够家里开支，而且让我有时间带着妻女逛公园，看斗羊和斗鸡，甚至看彩虹。

人往往会遇到不可知和意想不到的情况，这使他不得不小心谨慎，如权力前撒下的一张张大网，而学者一旦钻入其中，更是如履薄冰，要步步小心。因为他们没有玩弄权术的学问，也无讨好权贵的本事，只好一走了之，聚两三好友，一杯白水，谈经论道。

在这次事件中，学识和分析好像无用。除了一些不得已的情况和去清真寺礼拜及讲学外，我几乎都留在家里读书、写作。

疲惫！

疲惫渐渐地侵蚀着我的身体，随着时光流逝，这种感觉更加强烈。

疲惫有两种：一种源自看到世事如此相近，却不断重复。另一种疲惫则只有潜入海底想有所收获的采珠人才能体会。

我好像占尽二者。 183

这是我在厚厚的书稿的一页题头上写下的一段话，这些书稿是我花了整整一年半的时间编纂的《埃及马穆鲁克史》。有天晚上，我几乎要给妻子吐露心声："我累了。"为了让妻子尽情地享受生活，我可谓竭尽全力，但是为了照顾她对生活的热爱也不能虐待自己——我在一个单独的小纸条上写下此句，她清楚我已须发皆白。但无论如何，不能让她知道我已心血耗尽。主啊！如果我的大限已到，你就让它突然降临。

而这一年接下来发生的事更让我备感疲惫。一些朋友和国家的重要人物接二连三的离世，或被杀，如塔伯格、纳赛尔和曼塔什；或病亡，如谢赫·莱季腊吉和大法官白德尔丁·贝格；或暴死，如一些埃米尔等。

"主啊！你加倍报酬！人人都有大限！我们来自安拉，都会回归于他。"[1]我不断地在亡者的家属和朋友前重复这些话。

乌姆·贝宁啊，我最后一次见谢赫·莱季腊吉，向他询问萨阿迪的情况，他说与麦拉米提耶人在一起，已经恢复正常，并叮嘱说："善为本，莫问源。"

184 我为塔伯格专门写了几节，来讲述其被杀的原因等，其中不乏对其的真心哀悼，以示不忘他对我的恩情，如向素丹替我求情，在我最困难的时候照顾我等。我曾在最后写道："我从他那里只看到善举，主啊！你让他看到其结果。"我没有满足于此，而是四处打听他的一个儿子的消息，我只知道他住在尼罗河附近，想去当面悼念和询问他父亲葬在大马士革何处。

经过一番苦心打问，终于找到他，并约在尼罗河边靠近鲁格门的一个酒馆里见面。去之前，我精心化了妆，穿上埃及大袍，缠上蒙住半个脸的大缠头。我和塔伯格的儿子坐在了一个小桌前，向他做了自我介绍和来的目的。他连连表示感谢和对我的尊重，但不难看出他已有点

---

① 这是穆斯林闻丧和吊唁时常说的悼词。

醉了。他说："你问我父亲埋在哪里？我也不知道，我甚至没能参加他的
葬礼，也不知葬礼在哪儿举行的，他活的时候就和我隔阂很大。"他叫
了一瓶酒和一杯饮料，继续说："合法事物是明确的，非法的也是明确
的，没关系，你选一个吧。哈志啊！我认为最伤心的莫过于打和骂，而这
两者我都从父亲那里得到了，甚至更多。在许多事上人无可奈何。我自
己选择了当塔伯格的儿子吗？从而不让我从政？命运和我商量过吗？让 185
我好好生活，或灾难不断？我只好在这个世上就这样过了，像浮云般无
影无踪，至于后世，则求安拉宽恕。"

我觉得这位老兄像一个因受欺骗而深受打击的人，于是呷了一口饮料，装作很注意听的样子。

"教授啊！在权力场上，最为可悲的是一个人死在别人前头。"

我整了整带穗的缠头，问道："谁不会死在别人前头？"

"我指的别人是你的敌人，显然，我父亲很悲哀。"

我有些坐卧不安，准备起身离开。而他则求我坐一会：

"你不愿和杂种坐一会儿？我刚说的都是无用的废话，最重要的东西将出现在面前的舞台上，我求你和我坐一会儿，听听，看看。"

看来只好坐一会儿了，还好伪装得很好，此人还算没全醉。

烟雾缭绕，座无虚席的酒馆一片寂静，忽然，一个夜莺般的声音伴 186
随着弦声从帷幔后响起，波斯语的歌词，是欧默尔·哈亚慕的四行诗。
塔伯格的儿子侧过身告诉我，他母亲是波斯人，然后跟着歌声左右摇
晃，尽兴时，便呷一口酒。

我想，此女的歌声的确能勾起思念，让人陶醉，使人忘怀，令人对生活充满向往，催人享受时光。歌声曼妙而温馨，美感十足。敢说此女定是个尤物。一反常态，我平时庄重，坚持马立克学派，但这时却有些心猿意马，想象此歌女身着薄纱翩翩起舞，想象其如轻燕般的身姿，想象若被其兰花般的纤手一抚，死人会就地坐起，想象闻其馨香，会涤净

心中污秽。无法拒绝的想象，该死的魔鬼和迷魂的精灵。

我朋友的儿子则闭着双眼，偶尔敏锐地看看，时而跟着歌声哼哼。

187 歌声消失，留下弦音，他回过神来说：“我被禁止涉足政治，因为我是杂种，但是，哈志啊!生活未完，还有美酒、歌声和女人。若不是娱乐场，我就无法活了，它是迷茫者的灯塔，是伤心人的归宿。在这里我忘掉了世事的艰险，光阴的蹉跎。”

他停了一下，喝光杯中之物，接着说：“教授啊！如果你见过今晚的歌女，我敢说你和我一样会说，与此相比，权力简直不是东西，让跛子帖木儿和所有与美为敌的笨蛋们见鬼去吧！先生啊，你说欧默尔的四行诗是否被这位歌手唱得出神入化，简直是句句珠玑，美不胜收。同时，它教我如何生活和怎么面对死亡，催我赶快享受生活，享受活，而活就是那么一刻。”

歌声再次响起，酒馆重归寂静，像一艘在醉海中飘曳的小舟。我一直手握饮料杯，尽量回避朋友的儿子不安的眼神，尽量保持矜持。

“和其他漂亮的歌女一样，此女某天定会成为有钱人的小妾！”朋
188 友的儿子说。他又给我悄悄说：“喝饮料的人啊！我不可能成为你的朋
友，但是，请你相信，我只以此来消愁而已。除了这个罪过，请相信，我
的双手是干净的，我没打过任何人，甚至没打过牲畜。主啊！我相信你
是独一的，没有匹敌，我也相信你的恩赐和宽恕。”

这时他大声和着歌声——最后一句歌词：

伤心一缕随风去，愁绪一腔杯中释。

酒馆内和声一片：伤心——愁绪——随风去，随风去；杯中释，杯中释。

这时，帷幕升起，掌声如雷。我却大为震惊：歌手不是女的，而是一个短发无胸的男子。朋友的儿子见状说：“哈志啊！不要惊奇，一个不男不女的人，活得不错，听的是歌声，又不是性别。大教授啊！求你说说你

对四行诗的看法。”

看来没法走了，只好带点情绪地答道：“欧默尔的天才在于将情感和思想统一起来，其诗歌深受数学和天文学的影响，以此，其四行诗看
似充满情感的数学公式，像在说：‘无法、无力，一切皆由安拉安排。’所 189
以，让听者备感慰藉。”

“大师啊！太精辟了！太精辟了！”

“四行诗中的诙谐只是表面。”

“这番话说得太好了，你太清醒了！心胸宽阔的人啊，愿你长寿！富有情感的人啊！祝你高寿！现在看舞台，芦笛演奏，这次真是女子演奏。”

演奏者坐在椅子上，双手执笛，置于口。这次真的是女子，女子的穿着，女子身材和发饰。我心里想——安拉彻知人们心中所想，最重要的是此时所表现出的笛和演奏者的完美结合，使人醉于其中，却无限伤感。片刻后，乐队响起，琵琶奏完过门，其他人合奏，一起吟唱：

恨旧伤未愈，又把新仇添；
恨仇人无情，尽将得意现；
喜兄弟有义，争相将仇报；
恨冤家多情，尽付薄情郎。

朋友的儿子连叹几声，问我该词如何，答曰：“这大概是最美的东 190
方二重韵诗，诗意浓郁，格律简单，格式完整，韵律工整。而刚才唱的一般，吟唱此词需要其他乐器及悠扬的声音。”

“大师啊！佩服！请继续欣赏艺术。”

之后，又一队唱起：

夜敲爱人柴扉，忽闻来者为何人？
非盗非贼心碎人；
笑映爱人面庞，忽见樱桃花为谁开？

无知无觉迷茫人。

乐队不断重复这两句词，直到有一俊男出现，便息声留其独唱：

一世牵挂为佳人，一生未见丽人情；
不见情郎心已碎，好似利刃心头割；
泪水烈火两重天，斧子铁锤筋骨敲；
基督徒生就掠我城[1]，尤物生来掳我心。

这次我先说："这个青年肯定是安达卢西亚马格里布人，伊本·塔伯格啊，此人唱得自然流畅，只有那里的人才能唱出此种韵味。我听过的最美的二重韵诗的吟唱是在非斯和安达卢西亚。"

191 舞台空无一人，有人说："可爱的舞女娜荷蒂即将登台，现在请听这个段子：伊本·朱齐教长和伊本·格伊姆教长在《女子轶事》中说：'有夫妻一旦拌嘴，男子便多行房事，于是女子道：你太坏了，我俩一旦有事，你便找来我无法拒绝的说情者。'"

在座者哄堂大笑，我感到酒馆里的温度不断升高，准备离开。这时，服务生给我端来一杯酒，说是有人送给马立克学派法官伊本·赫尔顿先生的，我站起身来，让服务生把酒端回去，并告知此人，我只喝合法的饮料。然后向惊愕的朋友的儿子点头告辞，便快步向门口走去，身后舞女已开始妖冶登场。

"哈志！别走，白天讲道，晚上享乐！"

我没理酒馆老板的打趣，而是加快步子，赶快离开。当我快到家门口，确信没有危险后，自己道："你去酒馆吊唁，却带回一身麻烦，明天就会有话柄落在仇家手里。乌姆·贝宁啊，今夜还剩多久？你是我的衣衫，我是你的穿着。"

---

① 1095年，教皇乌尔二世在法国召集了一个宗教大会，鼓动基督教徒起来消灭东方穆斯林，恢复耶路撒冷圣地，于是第一次十字军开始，至1250年第七次十字军失败，历时两个半世纪，给东方阿拉伯地区造成极大破坏。故诗歌中有此种说法。

据贾比尔传述，先知曾不赞成没有温情前奏的房事。而乌姆·贝宁 192
板着脸，眉头紧皱，一副拒绝的样子，显然是表示对我大半夜才回家的不满。第二天中午午饭期间，我用尽修辞丽章才使沉默而不安的妻子相信昨晚的故事，还强调，要看动机纯洁，不理脚步不慎。但只有当我发誓没有喝酒和失足后她才露出笑容。看她为我吃醋的样子，我突然很受用，差点要感谢昨晚魔鬼的教唆。

昨晚在酒馆的冒险令我诗兴大发，便开始重温《悬诗》《乐府集》、穆泰纳比和麦阿里的诗集等。但很奇怪，每当读过，便有望其兴叹之感，只好宽慰自己：每人都有专长，自己也有长别人所长之处。

第三章 193

见跛子帖木儿，世纪灾难

每当我和老师穆罕默德·易卜拉欣说起正在崛起的帖木儿时，他总 195
是说，此人会很快成事，如果你活着，就会见到他。

——伊本·赫尔顿《伊本·赫尔顿及其游记》

“被邀请参加宴会的有大法官卧里叶丁。帖木儿不时瞟上几眼，观察大家。伊本·赫尔顿也在观察帖木儿，当伊本·赫尔顿的目光遇到帖木儿的目光时，后者便低下头，如果他的目光离开，帖木儿便偷偷打量他。这时，伊本·赫尔顿突然大声说：‘埃米尔陛下，感谢伟大的安拉！我有幸见过很多国王，也用我的历史著作记录了他们的过去。我在西方见过某某国王，我曾被某某素丹邀请。我周游了东方和西方，与每个地方的埃米尔和其大臣促膝长谈。感谢安拉，他让我活到今天，看到谁是真正的国王，真正懂王权的国王。如果应约赴某位国王的宴是为了避
免战火，那么，赴埃米尔陛下的宴不仅如此，而且是本人莫大的荣幸和 196
光荣。’帖木儿激动地站了起来，高兴得几乎要跳起舞来。”

——伊本·阿拉伯沙汗《帖木儿轶事》

197 在空闲时候，大师常常逗女儿玩，陪女儿玩这玩那，还玩骑大马。有天他正准备好让女儿骑上他这匹大马，突然觉得最大的悲剧莫过于让女儿和她妈妈受到伤害。他一直专于研究和著述，发现所有的危险都比不上来自成吉思汗部落的帖木儿的威胁，这个成吉思汗的后人曾摧毁了巴格达，如果不是因为其回波斯忙于夺权，那么，埃及的命运有可能和巴格达一样。这种敏锐感使这位历史学家往往在危险来临前保持警觉。他认为，当今最大的危险莫过于崛起、膨胀的鞑靼人，因此了解这些人和其日益增强的实力显得十分必要，而且预计他们肯定会进攻埃及。

198 历史就像一个迷宫，身陷其中，不知出路何在，尤其历史研究者，如果为此不耗费时日，就无法得出满意的答案。大师心里如此想。于是他开始做准备，开始收集关于蒙古人，尤其是帖木儿的所有资料和信息，并进行勘误和分析，深入研究这一鲜活的历史。

准备意味着翻阅与鞑靼人的地区和部落相关的所有书籍和著作。但经过斟酌后采纳口头资料是必须的，特别当事实与现实相近或与现实纠缠在一起的时候更是如此。于是伊本·赫尔顿开始注意听可靠的人所转述的信息，如素丹的近臣、大文官和将军们。经过对宫中一些人物言论的分析，他确信许多人都已感到鞑靼人的威胁迫在眉睫，而现在帖木儿的沉默就像暴风雨来临前的平静。从贝尔孤格素丹与他谈话时的表情和说话的语调就能感觉出来。

素丹说："有学识的法官啊！我找你来，是向你讨教一个问题，奥斯曼圣战者巴耶吉德向阿拔斯哈里发上表，要求给予他鲁姆素丹[①]的封号，说是要以此来向基督徒和帖木儿示威。"

伊本·赫尔顿想起了听到的一则消息，即一封四方形的信，但由于

① 鲁姆素丹：意为罗马素丹。

御前大臣的缘故，他没能看到这封信。信是由帖木儿派人送给贝尔孤格的，信中要他投降，否则就会挥军埃及，将其国家和宗族连根拔掉。 199

“陛下，我这些日子一直研究鞑靼人，他们曾于伊历658年在艾因·扎卢特败于先王拜伯尔斯。研究完成后，我将向你汇报结果。至于巴耶吉德上表要封号，这是一件好事，应该答应，除非有人想离间你的天然盟友或者是要让伊斯兰遭到敌人的侵犯。”

素丹示意伊本·赫尔顿走近，拍了一下他的肩膀，表示满意，并鼓励他多提建议，然后准许他离开。

伊历795年六七月，关于帖木儿的消息又多了起来，蒙古风暴好像越来越近了。有消息说，这位毁灭者在消灭了对手格迈尔丁以后，完全掌握了局势，通过一系列的征战，将艾斯拜汗、伊拉克、波斯和克尔曼并入其王国。还有一个消息对埃及来说犹如晴天霹雳，即帖木儿
进入巴格达后纵兵烧杀劫掠。第二年春天，巴格达素丹艾哈迈德·本· 200
沃外思逃出来投奔贝尔孤格，请求后者发兵帮他夺回王国。素丹马上率军对付帖木儿，而这时一座座城市像熟透的果子一样落在帖木儿的手中。

蒙古人战无不胜，攻无不克的奥秘何在？

这个问题一直萦绕在大师的脑海中。是因为他们的宗派意识是这个时代最强最粗野的原因？很快他想到帖木儿超人的军事指挥才能，这也许是另一个因素。通过对关于这个征服者的相关资料研究，他认为其取得胜利的因素主要有三个方面：一是他通过地理研究、政治刺探和军事试探等手段来精心选择战场和进攻时机。二是精于心理战术的使用，通过流言夸大其战无不胜的神话。这就能解释为什么帖木儿要完全毁灭已占领的一些马穆鲁克的城市。三是通过信使、逃难的、逃跑的人向敌人的权力中心散布恐吓和谣言。后来的事实证明了大师的分析。

贝尔孤格到叙利亚后，决定据守大马士革，不主动出击，等敌人前来。而帖木儿则选择推迟决战，让马穆鲁克人每天听到他对鲁姆、亚美尼亚和库尔德地区进行洗劫的可怕消息，使他们整天惶惶不安。在最后一次对峙之后，蒙古人离开巴格达回到位于卡拉巴赫的大本营。之
201 后，艾哈迈德·本·沃外思在马穆鲁克军队的护送下回到巴格达，贝尔孤格素丹也回到埃及。还未到一年，又有不幸的消息传来，说帖木儿干掉了最大的同盟者和竞争对手，成为河中地区最高统治者。于是埃及统治阶层天天担心蒙古人浩劫会再次出现。

帖木儿的消息中断了一段时期，但其魅影一直在人们的脑海里挥之不去。凡是私人和官方的聚会，总会讲帖木儿的暴行、严酷和狡猾。而伊本·赫尔顿则用研究者的眼光来看待这些信息，尽管其中有夸张和想象的成分，但他认为帖木儿确实是名副其实的征服者，他牢牢盘踞在威名远扬的宝座之上，成功地使其成为人们的中心话题。看到这些，伊本·赫尔顿认为贝尔孤格肯定感谢安拉没使他与帖木儿遭遇，也庆幸他在对付纳赛尔和曼塔什的叛乱时这位老兄还未出现。

这个时期的现实促使大师拂去历史的尘埃，以了解现实和预见未来。只要身体和耐心允许，他觉得应该去响应内心的呼唤。尤其恰逢他研读完伊本·艾希尔的《历史的源起与终结》的最后一卷和努威利的《希望的尽头》的第五卷，还有《艾布·菲恒历史》的第三卷，以及如拜伯尔斯、伊本·阿卜杜·扎希尔、伊本·赛义德·纳斯等人所著的关于马穆
202 鲁克人的著作和资料。于是他准备研究鞑靼人和蒙古人，因为他觉得自己对其了解甚少。但是，人不可能事事如愿。在研究现实问题和这个世纪末的这场浩劫时，他遇到了前所未有的困难，主要是资料和阅读资料方面的问题，还有因御前大臣苏顿的刁难，使他无法得到素丹的书信和公文。这是由于同情他的首相拜塔被任命为大马士革总督，从而使苏顿大权独揽，这对伊本·赫尔顿非常不利。另外，还有语言方面

的困难。因为关于研究鞑靼人历史书籍大多是突厥语、蒙古语和波斯语。假如他还年轻，这对他来说，有可能不成问题，他会用勤奋学习来弥补不足。尽管如此，他还是通过不同渠道获得了帖木儿和巴耶吉德写给贝尔孤格的信，同时得到两本用波斯语编著的关于鞑靼人的历史书籍：由研究伊儿汗国的历史学家沙尔芬丁·阿里·艾齐迪所著的《胜利之王》和《鞑靼人历史》。与此同时，他请自己的突厥同事和学生给他讲解书中内容。随着时间一天天过去，伊本·赫尔顿感觉到对蒙古人历史的研究犹如进入深不可测的大海：部落众多，分支繁乱，血缘混杂，国土辽阔。这一切让他十分头疼。所以，他在空闲的时候，便在纸上画
这个或那个部落的分支图，在另一些纸上则标出人物、地方、城市、部 203
落和国家的名称。在此期间，他越发感觉到，他所涉及的问题是一个神秘的世界，每个问题需要用尽毕生精力研究，显然，这已不太现实，他已不是精力充沛的青年，也没了年轻人的激情和活力。因此，他关于蒙古人的研究比较有限，其成果不多。

贝尔孤格的情况如伊本·赫尔顿判断的一样。伊历799年二月的最后一天的后半夜，贝氏将伊本·赫尔顿请到宫里，他已失去往日的风采，两眼凹陷，须发凌乱，衰老的形象一览无余。显然，蒙古人的问题使他费心不少，从而使其彻夜难眠。

像贝尔孤格的这种心病不可能用草药治得了，它需要的是谋士们的主意。因此，他不断请这些人来宫中，向他们讨教办法。伊本·赫尔顿也被请到宫中，和他一道与素丹座谈的还有马立克学派的法官纳赛尔·本·塔尼斯、安排会见的御前大臣苏顿和护卫以及书记官。

贝尔孤格（沙哑的声音和无神的目光）：我今晚请来了我国最著名 204
的两位马立克学派大学者，想听听二位对跛子帖木儿的看法，求安拉让这个跛子无功而返，让其断子绝孙。

（场面一片寂静，苏顿赶快重复了一遍素丹的话，以为在座的人没

听清,还要求他们尽量讲有用的话,少讲客套。这时,伊本·赫尔顿看到自己不得不说话,尽管他对苏顿有很多看法。)

伊本·赫尔顿:我知道赛夫丁国王做得很好,他广泛听取谋士和学者们的意见,学者是先知的继承人。

本·塔尼斯(擦了一把汗):“先知曾说:‘一个以知识济世的学者胜过一千个修行者。’又说:‘知识是伊斯兰的生命。’”

苏顿(打断话头):“这些,我们都知道,陛下的问题需要实际可行的见解。”

伊本·赫尔顿:“先知说:‘知识是一座宝库,求教是其钥匙,你们当求教,安拉会赐福你们。因为,求教会使四个人得到报酬:求教者、老师和听众以及尊重这三者的人。’”

贝尔孤格(带有安慰口吻):“我向伊本·赫尔顿大师求教,首先你怎么看待帖木儿这个暴君,另外有何妙计对付帖木儿?”

伊本·赫尔顿:“陛下,你知道军事指挥学问是武将们和军师们的
205 专长。关于这个暴君,我已花了不少时间来研究他的力量所在和其取得一系列胜利的原因。虽然这个方面的资料极少,但我还是收集了一些东西。看完这些资料后,我会给你呈上我的意见。”

贝尔孤格:“时间非常紧迫,如果我们长时间研究每一个问题,恐怕要误事了。大师啊!那些观点,你先让它去酝酿,现在说说你的忠告。”

苏顿:“我怕《历史绪论》的主人不想进忠言,或者是无话可说。他说过,学者们对政治及其问题一窍不通。”

本·塔尼斯(好像清醒了一些):“‘学者是离政治及其派别最远的人。’在《起语和述语》集的第一卷第六章第四十二节。”

伊本·赫尔顿:“在此处我指的是沙利亚政治的法学家和理想城的哲学家们,而不是指懂得现实的学者们。但让这些懂政治的人去处理

民事、刑事案件也不见得能行得通。”

苏顿(有些生气)：“让我们言归正传，不要乱扯。”

伊本·赫尔顿：“我已说了一些核心问题，我再说一些。陛下，你的 206
密探肯定给你汇报了鞑靼人中蒙古人的各个部落。他们是北方的诸多民族，我也无需谈及他们中流传的征战习惯，从成吉思汗到他的孙子们，尤其是毁灭巴格达的旭烈兀都一样，而今帖木儿依然在威胁生灵和城市。说这个暴君是蒙古人中最可怕和最危险的人，一点也不为过。因为他在指挥军队时主要依靠研究和计谋，他从不会贸然打仗，或打没十分把握的仗。”

苏顿：“你认为我们强大的素丹不是这样指挥军队？”

伊本·赫尔顿：“我没这样说，御前大臣。安拉赐予了赛夫丁素丹研究和思考的智慧，所以我们看到了其结果，同时，安拉使他热爱学问，尊重有学问的人。”

贝尔孤格：“你继续说对帖木儿的看法，你的这番话使我很想知道的更多。”

伊本·赫尔顿：“陛下，帖木儿一词在蒙古语里是铁人的意思。凭借部落的力量，他战胜了其他的对手，进而将旭烈兀和蒙兀儿子孙的国土收进囊中。这是一种野蛮的力量，正如我在马格里布所见的那样，它将消灭享乐和奢侈文明。有关他的深思熟虑和谋略方面的东西太多了。比如，他像他的父亲和爷爷一样，让巴鲁拉思部落的人全部信奉伊
斯兰教，从而使一招釜底抽薪，让穆斯林无法以其是拜火教或异教徒 207
而发动针对他的圣战。另外，他懂得使用探子来收集和刺探情报，毫无疑问，我们中间就有这些人。还有用屠城和骷髅山来恐吓素未谋面的敌人。”

本·塔尼斯（有些矫揉造作）：“先知说：‘我的威名使一个月路程远的敌人闻风而逃。’《布哈里圣训实录》与《穆斯林圣训实录》中都有

传述。”

伊本·赫尔顿:“我们的先知肩负安拉的使命，他的传播靠鼓励有心人和威吓执迷不悟者。他的胜利不是靠实力和人数众多，靠的是安拉的援助和安拉赐予的奇迹。而帖木儿的使命则是毁灭一切，他的目标只是想成为王中之王。”

苏顿(用挑衅的口吻说):“法学家啊！你认为这个你为他长了不少志气的跛子野蛮人是否能坐在我们头上？依你所说，布尔吉系马穆鲁克王朝像其他王朝一样要寿终正寝？”

伊本·赫尔顿:“国家的寿命如人的寿命一般都掌握在安拉手中，不朽只归于永存的安拉。这位蒙古暴君成为兄弟中的佼佼者，其军队主要来自被打败的各个民族。他失败的路只有一条，就是重蹈他之前广大领土的征服者们的覆辙,如马其顿、波斯和罗马。也就是:连年征
208 战,政治中心离征服地越来越远,为此,得修要塞城堡,各处驻扎军队，以防受到攻击。还有这些蒙古人的征战只是入侵而非为了寻敌作战，他们只是暂时的占领。我看陛下就放任他们东征西讨，以此来消耗其实力。我认为此时与他们争锋不是明智之举。”

苏顿(故作惊讶状):“安拉啊！我们的这位法学家禁止我们去驱逐帖木儿,而不在乎这头野兽所犯下的杀戮和毁灭暴行。”

伊本·赫尔顿:“这次蒙古灾难犹如暴风和地震一样会留下毁坏和无辜牺牲者。如我所指,明智之举是放任其在安全的防线外逐渐消耗实力。赛夫丁做得很好,他在沙姆地区布好防线,前去救援但不越过防线。”

苏顿:“你的这些话仍然没有切中要题：这个暴君还会进攻大马士革吗？”

伊本·赫尔顿:“我估计，帖木儿会带领更强大的军队再次入侵沙姆地区，像往常一样，首先会拣弱的下手，他会在这个城用人头堆成

山，纵火烧那个城。无论这种灾难真的发生了，还是因安拉的护佑而还未发生，但一定要有心理准备。”

贝尔孤格（努力不让自己睡着）：“大师啊！我们还是说关键的问 209
题。除了军事安排之外，请赐教，还有哪些能取胜的因素。”

伊本·赫尔顿（凝视了一下苏顿）：“陛下，首先内修政理，积蓄力量，加强实力。如何实施？要用公平和正义，它是王权的支柱。贪污腐败会败坏道德，毁其根基；不公意味着国家衰败；如果统治者公平对待百姓，善待他们，他们则会拥戴他，会敬重他，也会为他卖命。”

贝尔孤格（示意书记官留心记录）：“你说得非常对，还有吗？”

伊本·赫尔顿：“打开国库，购买武器，招募勇士。也许御前大臣会问，国家收入有限，钱从何处来？如果陛下允许，我有一个建议：千万，千万不要想着从可怜的老百姓那里征税，也别打向手工业者提高税额的主意，一定要谨慎，千万要小心，不能让人心绝望，不能逼迫人们背井离乡，远走他乡。军费来源应该在那些花天酒地的富人的钱库里去寻，他们拔几根毫毛就会筑起阻止蒙古人前进的防线。否则，不仅老百姓的财产化为灰烬，他们的荣华富贵也会随风而去。”

本·塔尼斯：“窖藏金银，而不用于主道者，你当以痛苦的刑罚向他们报喜。（9：34）”

苏顿（有些不自然）：“这个国家的大人物们肯定会不遗余力地支 210
持陛下，会竭尽全力保卫陛下。”

伊本·赫尔顿：“行动强于言辞，最好的善举是马上兑现的许诺。所以，现在绝不能瞒报财产，隐藏收入，税收造假或私扣税收。情况十分危急，不明现实情况者，肯定会因其无知而付出沉重代价。”

贝尔孤格：“还有什么建议？”

伊本·赫尔顿：“陛下，其次是外结盟友！这是和平的保证。在当前形势下，最紧迫和最必要的是与马格里布地区的素丹们结盟，我认为首先应该与马林人结盟。像其前辈一样，这位素丹心高气傲，我看不妨在写给他的书信中称其为‘信士们的长官’。我们千万不能重蹈艾优卜王朝萨拉丁[1]和穆瓦希德王朝亚古柏两人的覆辙。”

贝尔孤格：“他俩间发生了什么？”

伊本·赫尔顿：“萨拉丁曾致信穆瓦希德素丹，请求他的舰队在沙姆地区海岸线切断欧洲十字军的退路，但未获任何结果。其原因是他在致后者的信中没有称其为‘信士们的长官’。这是史官所述。只有安拉知道人内心所想。”

贝尔孤格：“那么，大师啊！你觉得我与帖木儿的战争需要马格里布的帮助和其援军吗？”

211 伊本·赫尔顿：“我刚来埃及时，认为这里人口众多，好像死人都被复活了一般。今天他们仍然很多，还可能更多了。但是绝大部分埃及人是小市民，忙于生计，有些头脑的人则都被享乐所侵蚀，所以，他们胆小怯懦，堪比妇女。因此，打仗时只能靠邻近伊斯兰国家训练有素的军队。而马格里布地区拥有贝都因阿拉伯人和柏柏尔人，这些人天生勇猛，作战骁勇。另外，此地所产骏马善于冲锋陷阵，陛下你一直喜欢这些马。据此，外结盟友是备战所需。”

贝尔孤格：“大师啊！我请你来正是为此事，五年前，我曾让一位马格里布的阿拉伯人带信给马林人素丹艾布·阿拔斯，并委托他给我选一些良马，但不知是何原因，他一直未复命。现在我派我的心腹格塔卢比戈带上丝帛等礼品前往马格里布，会盟各位素丹，希望你多点拨这位使臣。”

伊本·赫尔顿：“陛下，一定效劳。”

贝尔孤格：“还有要说的吗？”

---

① 萨拉丁：抵抗十字军侵略的著名英雄，也是艾优卜王朝(1171~1250年)的建立者。

伊本·赫尔顿：“我想最后再说几句，请书记官做上特别标记。”

贝尔孤格（强打精神）：“请讲，哪怕我们谈到天明。” 212

伊本·赫尔顿：“陛下，我不懂军事，但是对付蒙古人，我认为要注意几个问题：由骑兵冲突变为步兵与骑兵列阵作战，由运动战变为阵地战。与此同时，要特别注重标枪手和弓箭手的使用，这是马穆鲁克军队的长项，还有我们的军队首领要具备帖木儿的军事素养——谋略和计谋。”

本·塔尼斯（闭着双眼）：“谚语说：一个计谋胜于一个部落。先知说：兵者，谋也。”

伊本·赫尔顿：“谋略和计谋源自对军事学问的研究和总结，源自博学。我们看到帖木儿身边常常是各个学科最著名的专家们。他一旦攻克一座城市，便找来当地的学者，让其中一部分随军行动，把另一部分则派到撒马尔罕去修建首都。他最近攻克莱哈、提克里特和阿勒颇后都这样做。陛下，如果你愿意，我稍加整理之后，将为你呈上关于重要与紧迫事项的奏折。”

贝尔孤格：“我非常愿意，我希望你尽快完成。”

伊本·赫尔顿：“想法不甚成熟，奏折大概为以下几个部分：一是下 213
令将马穆鲁克在艾因·扎卢特大败蒙古人的日子定为节日并予以庆祝；二是重视伊本·阿卜杜·扎希尔所著的战胜蒙古人的《拜伯尔斯素丹的生平传》，下令将其翻译成突厥语和鞑靼语；三是关于帖木儿未敢与伟大的贝尔孤格素丹对阵的问题；四是派遣耳目到敌营和敌占区。愿安拉赐予顺利。”

贝尔孤格：“说得太好了，大师啊！说得太好了。（示意苏顿）把法学家本·塔尼斯扶进去，他睡着了。”

本·塔尼斯（惊醒）：“赞美安拉‘瞌睡不能侵犯他，睡眠不能克服他。（2:255）’”向素丹陛下告辞。

贝尔孤格（靠近伊本·赫尔顿）："拜塔归真了，他曾保护你不受苏顿的迫害。你知道，这个苏顿，我欠他一个人情。但是，用不了多久我就会委任你为马立克学派大法官，以替换本·塔尼斯，不管他活着，还是归真了。至于我个人，不瞒你说，已经年迈，我想帖木儿不会见到我了，但有可能对阵王储——我的儿子纳赛尔·费腊吉。我现在将他托付于你，望你尽心辅佐。现在你可以走了，我希望今天的晨礼拜后，你只求安拉让我睡一会儿。"（拥抱了一下伊本·赫尔顿）告辞。

中午伊本·赫尔顿一觉醒来，看到妻子正高兴地望着他。他很奇怪
214 妻子为何不问他昨夜未归的原因。他要她问问，于是妻子笑着问，还加
上一句："最近归真的人多了，你得去吊唁！"

丈夫不为妻子调侃所动，板着脸说："我在素丹那里，和他谈了许多事。"

"在素丹那里！他怎么样？"

"乌姆·贝宁！他情况不太好。"

"素丹情况不妙，这个可怜的奴隶说什么了？"

妻子说完就去端饭，留下丈夫在想，这次妻子怎么没有醋意大发呢？

吃完午饭后，他陪女儿玩，还躺在她身边休息了一会。感觉到有了精神便一头扎进给素丹的奏折以及写给在马格里布一些学者们的信，一直写到半夜。他在信中向他们讨教对付蒙古灾难的办法及他们的立场。一大早，他便直奔皇宫而去，因为他是素丹信使出使工作的主要负责人。他给信使提了一些宝贵的意见，并指点他如何才能顺利见到那些素丹们。

唉！岁月蹉跎，光阴似箭！

215 伊历899年年末，马格里布地区三位素丹的信使带着珍贵的礼物，
随着浩浩荡荡的驼队到达埃及。实话说，马林人素丹的礼品最多最贵

重。素丹的近臣们瓜分了这些礼物，给素丹只留下一匹备着黄金马鞍和马镫的宝马。当宝马被牵到素丹面前时，一片赞叹和羡慕。

伊本·赫尔顿十分尽心地或在宫中或在家里接待这些马格里布使臣。只要有时间，他就会向他们打听素丹们的情况和老百姓的生活状况。就这样，一直到这些使臣完成觐见回到开罗，带着素丹的礼品和赏赐回国。

伊历901年的斋月中旬，在前面提到的本·塔尼斯归真后，贝尔孤格素丹任命伊本·赫尔顿接替前者的位置，而且为此举行了盛大仪式，让嫉妒者和搬弄是非的人们碰了一鼻子灰。同样，素丹拒绝将这一职位卖给伊本·岱麻米尼法官，后者出价七万金币。伊本·赫尔顿心怀感激地接过委任状，明确表示他将公平行事，坚决执行安拉的法度。他全身心投入工作，忙的时候只好在衙门吃妻子准备的饭菜。饭菜是摩洛哥风味，吃法是埃及风格！他隐隐感觉到这次任命好像是素丹给他的最后礼物，素丹一直隐瞒自己的病。果不其然，不到一个月，贝尔孤格 216
就归真了。当然，他已安排好权力分配，指定长子纳赛尔继位，由太傅艾提木士代政，同时向阿拔斯哈里发、各地埃米尔和法官们宣读遗诏。但是，情况如伊本·赫尔顿熟悉的那样，太傅专权，沙姆总督造反，其他王子怂恿年轻的素丹剥夺太傅的权力。伊本·赫尔顿一直关注局势发展，同时，感到莫名的悲哀。好在年轻的素丹很快控制住了局面，出兵叙利亚消灭了所有参与叛乱的埃米尔们。

权力牢牢掌握在贝尔孤格的继承者的手中，杀手锏则是严惩分裂者。好像继承者完全弄懂了贝尔孤格的遗嘱的精神，即要对付蒙古人的侵犯，必须先要安内和积蓄力量。但是纳赛尔的个人性格使伊本·赫尔顿有些担心——年少张狂，这使得他少思考，寡请教，而且自负到自我陶醉的地步。他的秉性、思想和体格与其父区别很大。这是大师在随年轻素丹出征沙姆地区平叛时亲眼看到和总结出来的。他曾写道："帖木儿的灾难肯定会来,主啊!除非发生奇迹,或帖木儿死掉。”

217 在回埃及途中,伊本·赫尔顿请求素丹准许他前往远寺圣地。因为他一直向往去此地,但是由于忙而一直未能如愿。就这样,他如愿实现了多年的梦想——在远寺里礼拜,它是伊斯兰的第三大圣地,是先知夜行登霄的地方。坐在这个圣地中央,仰望天空,大师忽然感到一种向往潜心学问和精神修炼的冲动。他想,如果不是国事缠身,那他就会成为一个在圣地修行的修士,整天流连于达乌德[①]的遗迹、萨拉丁的礼拜处、麦尔彦[②]的修行所和宰凯里雅[③]的修道院。他又拜谒了一些先知墓,圆顶清真寺和其他遗迹,使他感到内心充满神圣的感觉和不可思议的光明。

他忽然想起,在这座圣城,三大天启宗教[④]间有个约定,及在一神的天空下的共享和平。因此他没进复活教堂,因为它建在十字架的位置,有悖于这个约定。

218 拜谒圣城后,他前往百特莱哈马——先知尔萨[⑤]的出生地,抚摸了尔萨之母生他时背靠的那颗椰树。他对此写道:“这是在尔萨出生地上建起的宏大建筑,由多位皇帝多次扩建、修葺建成。石柱青砖,精细装饰,建筑的顶上绘有皇帝们的画像和他们的历史,而且附有译文,使人很方便转述。也许这个做法能说明这些皇帝们国势强大、国土广袤。”

他从百特莱哈马出发前往位于谷地的哈利勒镇。小镇幽静而温馨,虽然小,名声却很大。因为小镇里有苏莱曼·哈基姆所建的清真寺,在

---

① 达乌德:穆斯林称之为先知达乌德,基督教称之为大卫。

② 麦尔彦:先知尔萨(基督教称为耶稣)的母亲。

③ 宰凯里雅:犹太教、基督教和伊斯兰教都称之为先知,是尔萨母亲的姨父,曾抚养过她。

④ 三大天启宗教:穆斯林认为犹太教、基督教和伊斯兰教都是天启宗教。

⑤ 尔萨:穆斯林认为尔萨(耶稣)只是安拉的使者,而非神。

寺内有一个山洞，洞中有先知易卜拉欣、伊司哈格、叶尔孤白和妻子们的陵墓……伊本·赫尔顿在寺里礼完主命拜和副功拜后，怀着崇敬之心激动地进入肃穆的洞中，拜谒其中的陵墓。在离开前，他匆匆望了一眼坐落在东边的先知鲁特墓，心想等下次再来拜谒。

在加沙城，伊本·赫尔顿想起他与素丹会合的时间快到了，所以只在清真寺礼完拜，吃了一些此地出产的无花果和葡萄，便催马沿着海岸线往埃及而去。在路上，脑海中浮现出许多想法：犹如麦加和麦地那两大圣地一样，此次拜谒远寺圣地，使人更加坚信精神的存在，真实感 219
觉到它的力量。还有，拜谒光明和和平城及先知们和他们的妻子们的陵墓使他感到人生的完美也体现于陪伴爱人。

在开罗北郊，伊本·赫尔顿赶上了素丹的队伍，埋头前行顾不上看四周的繁华，他所有的希望就是赶快回家，亲吻女儿和妻子。

大师的猜测没错，这位自负的素丹不仅外强中干，而且会随时背信弃义。他与素丹的关系更证实了这个猜测。伊历 902 年年末，针对他的攻击开始明目张胆，流言蜚语不断，而素丹却假装不知。这时，素丹的亲信们一心想罢掉伊本·赫尔顿的官，把它卖给出大价钱的人——一位叫努尔丁·本·哈拉勒的法官。对他的指控还是第一次免去他法官职位时的罪状，即判决过严，处罚过重。换句话说，就是这位马立克学派法官不知通融，不懂规矩。他应该照顾政要，照顾由他们庇护的有钱人等。另外，为了取得政要、绅士和有钱人的好感，应该让法律向他们的利益稍加倾斜，让不合法的变得合法，不要禁止利息等，还要纵容那些囤积垄断的奸商们。

“不！门都没有！”大师对首相说，“以安拉起誓，就是势力强大的素丹也无法阻止我秉公执法。”大义凛然，如雷贯耳。对手看到已无他法， 220
便怂恿首相将其革职，并在城堡的监狱内监禁一周。

在监禁期间，他被允许读书和会见仆人沙尔巴，后者给他带来家里一切安好的消息。他说:“主人啊!家里一切都好,你的好朋友给我说了你的情况。我想没大的问题,于是就哄乌姆·贝宁说你受素丹邀请要在宫内住几日。”

“沙尔巴啊!你做得很好。回去后,告诉她说我还需住几日,具体时间由素丹说了算。”

在监狱里,大师没太多想自己的情况,反而在考虑埃及内部不稳定的种种迹象,思考蒙古人顺利扩张的种种因素。小素丹,看来太小了,变成了奸臣手中的玩物,从一个陷阱出来,掉进另一个陷阱。而正直的学者们却没有地位,无法阻止奸臣们不断膨胀的私欲。看来坐监狱强过把学问当作铺路石,任人踩踏和欺凌。

一周期满后,伊本·赫尔顿出狱回家,监狱墙上留下他的一首诗:

天下虽大无义士容身之地,牢房虽小有志士翱翔乾坤。

221 一回到家里,搂着女儿和妻子,强忍呜咽,语气坚定地说:

“乌姆·贝宁啊!这次一定要离开此地,埃及不再是正直人待的地方,马格里布是我的故乡,尽管它曾粗暴地对待我,但仍然是家乡。我心底有个声音一直召唤我回去。非斯在等我们!你赶快收拾东西,准备好就走。”

妻子高兴地欢呼,赶忙跑进屋,开始收拾。

“从哪里开始?沙尔巴啊!快来帮忙。”

仆人显得十分忧伤,说道:“主人啊!忧伤会加快衰老。与你们分别使我完全老了。在你家我度过了最幸福的时日,我能忍受离别的痛苦吗?”

伊本·赫尔顿不知如何回答仆人,只是茫然地看着他,只听妻子说:“你已是自家人,沙尔巴啊,你和我们一起走。”

“乌姆·贝宁啊!我从未出过开罗旧城和开罗城,年轻时都未曾离开家乡,如此一把年纪了怎能背井离乡呢!如果分别是必须的,那稍微宽限两日，照顾一下我的心情。”

伊本·赫尔顿赶快安慰沙尔巴，让妻子稍等两天，然后就去书房读 222
书著述。

第二天一大早，宫内总管、国师耶释别克造访伊本·赫尔顿家，他热情接待了来访者，告诉他自己因思乡而准备回故乡。但耶氏很快说明来意：

“大师啊！我离开宫里去沙姆地区一个多月，天天追踪帖木儿的消息，和总督及埃米尔们一起研究形势。以安拉起誓，如果我在开罗，任何人也不可能伤害你，即使素丹也不能。首相艾格巴耶是不学之徒，阿谀之辈，他唯一的功绩是在大马士革总督叛乱时支持了素丹……我回到宫里，一知道你被监禁的消息后就赶快去见素丹，让他看了你与先王贝尔孤格的最后谈话。他看后，在我面前失声痛哭，并委派我以他的名义向你道歉。同时，任命你为乌姆萨利赫学院的教授。另外，如果不是看首相职位的尊严，我会让素丹下令叫他步行上门向你道歉。”

伊本·赫尔顿的心情舒畅了许多，有分寸地回答道：“耶释别克啊！愿安拉赐你多福，回赐你为我的奔波！步行是医生们一再强调的一项
运动，尤其对我这样的老年人更是益处多多。而真正的不公平是以莫 223
须有的罪名把我关进监狱。我认为，监狱有两种：一种是骄傲的监牢[1]，另一种则是侮辱的监狱。艾布·阿南素丹时期，我当时还年轻，就在第一种监狱吃了差不多两年牢饭。而第二次却是闭目塞听的素丹加冕没几天就被无辜地投进监狱，而我曾呕心沥血地服侍过他的父亲。让我们忘掉这些。有些人希望看到我屈服，但我让他们失望了。我在监狱里很自在地度过了这些天，我一直在参悟伟大的安拉之奥秘，参悟印度、古希腊、阿拉伯和波斯的哲言，还重新温习了好几遍《古兰经》。另外，

① 骄傲的监牢：意为被定大罪名。

我努力理解伊斯兰苏菲们的密语，好像我和阿里·库尔赫一起大声喊：‘苏菲是追求真理，永不指望他人手中之物。’”

“大师，还有一个新职位，看你是否愿意？”

“我已无求，请传告他们，像卖了我的职位一样，把它卖了。为了备战鞑靼人的进攻，国库需要通过所有途径增加收入。还有，法学在这个国家已经成为孤儿，根深蒂固的陋习欺负他，素丹的大臣们、官僚们、有钱人们都指使他。耶释别克啊！帖木儿的情况如何？”

“非常危险，很不乐观。他已占领鲁姆地区，毁掉了锡瓦斯城，现在开始包围沙姆地区，直指大马士革。朋友啊！情况很糟。我作为宫中总管和国师，已奏请素丹出兵大马士革以阻止其落入蒙古人之手。大马
224 士革是埃及的东大门，如果它陷落，那埃及就危在旦夕了，这也是一些将军们的看法。但是素丹还在犹豫不决，我今天努力让他做出决定。同时，暗示素丹亲征时带上你。”

“承蒙您看得起在下，但我的年纪已经不起车马劳顿了。”

“大师啊！路程不是太远，你若不去，人们会更加误解、更加憎恨你。好好思考一下，在大军出发前两日告诉我你的决定。”总管说完此话，便起身非常爱戴和尊重地向伊本·赫尔顿告辞。

当他和妻子商量此事时，只听到妻子的一声声呜咽和让他留在孩子身边的央求，还说打仗只是军人的职责。但是如何使她明白，他非常想见见这位传说中的征服者，说不定能和他谈一谈？并且怎能让她理解，未来的一战事关重大，而他想亲眼目睹其进程？他用尽修辞手法和华丽的表达，想让妻子听他的决定，但是遇上了妻子最简单和直接的回答：如果他离开她和女儿去打仗，她就带着女儿回非斯故乡。最后，沙尔巴出来劝架，他知道如何让女主人消气，也劝男主人要温柔地对待妻子。

伊本·赫尔顿独自想了很长时间，他为什么不顾危险一定要去会会

帖木儿？显然，随素丹出征的动机不完全是拥护马穆鲁克，而就是想亲 225
眼目睹事件的进程，没有别的原因。在他看来，正统哈里发之后王权的合法性只是一个传说和一种说辞而已，它只能骗骗被御用文人和种族情绪所骗的愚人们，最终决定它的只是刀剑。他很早就讲过此观点，而且一直坚持。他看到今天的阿拔斯哈里发被马穆鲁克人关在豪华笼子里，无助而可怜。哈里发不管，其实也管不了谁在要求王权，白皮肤的或黄皮肤的，两眼大的或者是小的，所有的人都声称自己是穆斯林，都在为保卫它而战。伊本·赫尔顿想，他这次去前线一没武器，二没事由。他完全是为了丈量在特殊环境中历史的激情，是为亲眼目睹历史及其发展进程。

一再推迟后，素丹的出发日定在了先知出生月的中旬的一天，这日，伊本·赫尔顿亲了亲女儿和妻子，拥抱了一下沙尔巴，叮嘱他好好照顾家，就往城堡山而去。在那里，耶释别克很高兴地迎接了他，并给他送上一匹御用摩洛哥灰色宝马，马背上有镶金的马鞍，马嘴中衔着镶有宝石的衔铁。在把他引荐给素丹后，便和其他法官们一同随大军
经加沙前往大马士革。一路沉默，夹杂着恐惧和谨慎的沉默！每天传来 226
的关于蒙古人的消息使沉默更加沉默，一座座城被蒙古人攻破、被洗劫，就连大马士革方向的拜尔莱拜克城也被占领。

伊本·赫尔顿问国师耶释别克，军队将领们计划如何迎战鞑靼军队。后者说是固守城池，让帖木儿无可奈何。此计划最重要的是时间，如果计划得当，那就对素丹的军队非常有利。尤其大马士革城高墙厚，非常有利于弓箭手，另外，城内粮草充足，不怕围困。

作战，不同于以往的作战！不列阵，没叫阵，无刀剑相加的战场。这次作战被大师称为固守和骚扰之战，没有胜利者，也无失败者；也许会持续很久，使帖木儿无心再等，就会挥军去征服其他地方了；或者是马穆鲁克人坚持不住，退回埃及老巢。

驻扎大马士革的头几日，伊本·赫尔顿的注意力集中在他所驻扎的
阿迪力学院的学生身上，他每天认真讲授关于四大法学派的课题，但
发现学生们心不在焉，只关心大马士革城的守备情况和蒙古人的信
息。因此，他应学生要求，尽量回答各式各样关于圣战和现实历史的问
227 题。学生们最关心的问题主要集中在：埃及军队是否有能力赶走入侵
者？为什么素丹只保卫大马士革而不管沙姆地区的其他城市？如果马
穆鲁克军队战败或撤回埃及，大马士革人怎么办？

而他的回答则主要暗示马穆鲁克军队骑兵骑术精湛，步兵勇猛。同时提醒大家要做好最坏的打算。当然，当他看到大家眼中对家人和亲朋的担忧时，就将帖木儿获胜的预感努力隐藏起来。他认为帖木儿将来获胜的原因不是装备精良和人数众多，而是其军事才能和高涨的士气。自贝尔孤格归真后，他就认为马穆鲁克人血液里仅存的勇猛天性已经开始消失，但他希望它在这次战争中能够爆发出来，因为现在已无退路了。

驻扎后的第一个周末，有一次大师像往常一样坐在伍麦叶清真大
寺的院子里闭目参悟。他曾陪素丹在平叛时来过这里，当时只是匆匆
路过。这时，周围礼拜的人问他，如果像哈马城和阿勒颇城一样，大马
228 士革陷落，遭到洗劫的话，他也要逃跑？他回答说，所有虔诚的法官都
是一名市民，他们会和大家同甘共苦。他每天都要碰到这种情况，每次
都尽量回答，让大家看到希望。他喜欢来这里礼拜，因为这里的礼拜由
马立克学派的伊玛目带领，同时喜欢和大家一起诵读《古兰经》的“多
福章”，那声音简直就是天籁之声。

第二周第一天，大师和耶释别克专门安排的佣人一起去文具市场，购买了纸张、墨和笔，然后去临近吉伦门的古籍书店中看看有没有关于罗马人、犹太人和波斯人等非阿拉伯民族历史的手抄本，他对这些民族的了解主要靠伊本·贾里勒·塔百里，但没找到中意的书。于是就

去有悠久历史的大马士革藏书馆，他曾在这里查阅过资料。埋头看了一会儿书，却发现阴云密布的战争，使自己无法静下心来阅读，便委托誊写人替他誊写一些资料，想在回埃及时带走。

第二周的星期二早上，伊本·赫尔顿和佣人一起去探视在贾比叶门和小城门之间的陵墓，这里埋葬着诸如比俩里、卡尔比、乌姆·哈比白及其兄穆阿维叶等圣门弟子，他向亡者一一道“赛俩目”，为他们祈祷。完毕，正准备要走，突然冒出一个老人，瘦如枯柴，满脸污垢，胡须零乱，无牙，秃顶，好似刚从坟墓里钻出来一般。他对伊本·赫尔顿说：你 229
为所有的人都祈祷了，就唯独落下我，我是乌外斯·格尔尼，跟我来，我领你去看我的坟墓。

佣人向前推了老头一把，想赶他走，不料他失去平衡，倒在地上，好像还摔得不轻。扶起老人，看他弹完手和胸前的土，伊本·赫尔顿便问他的名字，问他为什么住在墓地？他答道：“不识好歹的年轻人！他要打我，而我比他的信仰还脆弱。唉！这个时代的年轻人已不再怜悯我这样的年迈病人了。我的名字已经给你说过了，你不知道？我生活在先知时代，却未能见上他一面，唉！太遗憾了！当时他离我不远！这就是我临终时的最后遗憾。然而，我却在这个国家的这个艰难时期被复活，并注定要成为最后一个死去的人。”

“卧里啊！你在干什么？”

“我在守护着这片陵墓，唉！无聊的人、挖土的人、尿尿的人和天天打算将这片亡人的土地据为己有的人太多了。”

“你去我的坟墓前替我祈祷祈祷，你若再次见到先知[1]时请代我向他道声‘赛俩目’”。

大师只得跟着这位怪人去离墓地不远的沟底，其中有一个黑幽幽

① 指去麦地那圣城拜谒先知圣陵。

的山洞,来人说他的墓就在这个狭窄得只容瘦人通过的洞中,还说他已经好几百年没吃饭了,然后便向他告辞,消失在洞中,让随同而来的两个人不知所措，惊讶不已。更令二人心惊肉跳的是看到这位怪人仍然
230 端坐在陵墓大门旁高高耸立的椰枣树端，边哭边喊:“我看到清真寺像一只折了翅膀的雄鹰！我看到灾难已扑向嘎斯允山[1]和伍麦叶大寺！我看到它将布尔迪河搅浑！我看到惊恐万状和满脸茫然的人们！谁为大马士革准备另一次葬礼?！”

当伊本·赫尔顿回到阿迪力学院时,发现耶释别克和罕百里学派的大法官布尔汉丁·本·玛法力哈在等他。寒暄过后，给二人讲了陵墓老人的故事。耶释别克道:“在各个陵墓像这样的疯老头不少，甚至在各公园里也有，不要理会他们。现在有个重要的问题，我想知道你的态度。为了排遣士兵们在城内固守的郁闷和离家的乡愁，是否允许他们喝酒。军队法官根据暂时利益原则已经同意，并说:‘偶尔一醉强过违抗军令和无节制地要求增加军饷。’沙斐仪派的法官则装病不说话;哈乃斐派的法官比较好说话,说在不得已的情况下可以喝酒,现在就是特殊环境。而这个罕百里派的法官不仅不同意，还说应该砍掉用来酿酒的葡萄树。”

这个罕百里学派的法官有四十来岁,一脸浓密的胡须,目光炯炯,神采奕奕。伊本·赫尔顿曾和他在开罗见过面,知道他为人谦虚,知识
231 扎实,学识渊博。他说:“耶释别克啊！我当着这位大学者、大师面说:如果严厉事关劝善惩恶之举,那严厉就太好了！值得严厉！酒是安拉明令禁止的东西,无任何含糊之处。先知也说:‘酒是万恶之源,是最大的罪过,饮酒者会放弃礼拜,也有可能对母亲、姨娘和姑姑非礼。’这是艾奈斯·本·马立克传述的‘圣训’。大师啊！对吧？”

① 嘎斯允山:大马士革附近的山。

“一点不错。布尔汉丁。”

“我说要砍掉葡萄树，指的是要从根本上杜绝罪恶，愿安拉诅咒酒、饮酒者、酿酒者和买卖者。有人说，当地的犹太人和基督徒喝酒是被允许，这是说在自己的家中，而非公共场合。你说，我说的对吗？大师？”

“很对！布尔汉丁。”

耶释别克一听就知道事情不妙，于是低下头另想办法。这时，伊本·赫尔顿提醒他：“耶释别克啊！你问我的明确意见，如果你记得我曾因为严厉而被罢官的话，你就知道我的答案了。有些人以暂时利益为依据允许士兵喝酒，这首先违背经训规定，另外，也有可能以同样的原因允许其他犯罪行为，如作奸犯科、高利贷等。还有，这也有悖军事常识，非常时刻士兵更应该保持清醒。布尔汉丁，你说对不对？”

“很对！大师。” 232

“安拉在《古兰经》中说：‘信道的人们啊！你们在酒醉的时候不要礼拜。’”(4:43)我认为圣战是一种礼拜。安拉还说：‘你们应当为他们而准备你们所能准备的武力和战马，你们借此威胁真主的敌人和你们的敌人。’(8:60)肯定不是用醉来准备吧！我知道军队法官和将军们会轻视正直的法官，不爱听忠言，但是，耶释别克啊，你凭良心说，在鞑靼人的军队从谢赫山和西边向大马士革包围过来时，将军们干了些什么，取得了哪些成果？你说，喝酒让他们斗志昂扬还是战无不胜？”

耶释别克感到有些尴尬，他好像在替自己开脱般说：“大师啊！凭你对我的了解，知道我的答案。你知道，我只能给素丹建言，而无法干涉军事，我力图调节相互倾轧的军队将领和埃米尔们之间的矛盾。只要有可能办到，就尽量去做。我和一小部分人推动了在大马士革周围深挖壕沟的决定。我还出谋让素丹派骑兵袭击一些极具威胁的地方，还有其他事情，这不是自夸。但是对我不满的人越来越多，我曾出谋把国内的绝大部分大人物都带到这里，免得他们在埃及搞阴谋。他们现在要报仇，怂恿素丹革我的职。大师啊！像这次的大战役缺乏拜伯尔斯这样的人物。至于素丹这个自负的儿子……”

233 布尔汉丁好像得到了一个好时机，赶紧说：“耶释别克啊！十三岁的年轻人当素丹，这没关系，但他却很放荡。你知道，他一天到晚手不离酒杯，你也知道，他在听军事情况汇报和发布命令时都喝得双眼通红，神志不清。所以，上行下效，士兵要求喝酒就不足为奇。”

伊本·赫尔顿猛击了一下掌，似乎央求：“耶释别克啊！我太不了解军中和素丹的情况！你说，我们作为法官和穆夫提有权知道发生的事，否则我们发怎样的‘费特瓦’，我们拿什么给素丹进谏呢？”

“素丹和其侍从们每天一醉，这是人人皆知的事。素丹天天醉，好像以此来消除死于非命的担心：或害怕死在蒙古人手上，或害怕被那些虎视眈眈的埃米尔们干掉。我现在最担心在大马士革的这些人和在开罗的那些人。我看，当素丹看到这些人开始撤回埃及时就会撤军回开罗。”

“素丹为什么不阻止埃米尔们撤回埃及？”

234 “这是一个连环计：他们努力说服素丹，说大本营有人密谋谋反，于是他就允许他们回去，而他们就会借机谋反。”

伊本·赫尔顿从耶释别克的实话中已经预料到，不管帖木儿打不打，这一仗都肯定会获胜。于是他问蒙古人的情况和最近的进展。耶释别克说：“我们通过袭扰和交锋了解了蒙古人的真实情况，从数量和装备上我们占优势，但其细作四处散布谣言，说帖木儿要水淹大马士革；要用独家武器——远程抛石机来攻城等。令人称奇的是这些细作一旦被捉，便打死也不说，或者干脆自杀。而我们共派去三十个细作，只有三个人活着回来，但都被割舌、挖眼和断手。从此以后没一个人愿去做细作，哪怕装作牧师或修道者。如果我们强行派遣，便会威胁变节或在还未见蒙古人折磨之前就自杀。”

布尔汉丁很认真地听耶释别克的话，看到后者停下来，便道：“耶释别克啊！你的话让我看到蒙古人的套索越来越紧了。我曾准备了一个激情的演说，被《古兰经》经文和“圣训”所照亮的演说，鼓励战士视死如归，英勇杀敌，为主道而战。现在看来已经没用了，没想到堕落使 235
他们失去优良传统，士气降低到如此地步。”

“只剩下学者们来教人们在任何状况下充满希望了，我的朋友啊！”

“军人和埃米尔们应该用生命和财产来履行保护百姓的诺言。军队一旦被恐惧笼罩，那就完了。将领们如果不懂心理战的话，也没希望了。先知曾说：‘兵者，谋也。’帖木儿却不仅很好地运用它，而且不断发展和创新！耶释别克啊！心理战和调整部署只能靠你和你的同事们了，否则，灾难将降临大马士革和萨利哈耶：无辜百姓的鲜血将染红布尔迪河和其他河流，我们的这座城市会像阿勒颇一样遭到毁灭。我已经尽力了。”

耶释别克起身，在离开前拥抱了一下两人，说：“等待安拉的援助也是一种功修。我再去找将领们。我们没有失去全部，还没完全失去。”

剩下伊本·赫尔顿和布尔汉丁二人面面相觑，这时两人都感到被对方深深吸引，一种相见恨晚的情感使二人顿生敬意，很想促膝长谈，以弥补之前相见而未谈的遗憾。两人一起礼完晌礼，坐下来边吃边谈。伊 236
本·赫尔顿了解到这位新朋友有两个妻子，两个孩子。让他惊讶的是他读过《历史绪论》和《历史殷鉴》，而且精通波斯语、突厥语，甚至精通希腊语。更令他称奇的是，当说起四大法学派的法学主张、阿拉伯诗歌和世界历史时，他如数家珍，娓娓道来。在与伊本·赫尔顿的交谈过程中表现得很睿智和有品位，当然，还有对伊氏的尊重。当伊本·赫尔顿对其连连称赞时他却说：“大师啊！安拉赐给我的知识只是你的学问之海中的一粟。”

稍作休息后,两人便去了伍麦叶大清真寺,在里面礼完晡礼后,便去参观一些名胜。这位罕百里法官心中犹如有地图一般,领着伊本·赫尔顿走,一会儿将大马士革称为两位伊玛目之城,指的是伊玛目伊本·泰米叶和伊玛目伊本·格伊姆,时而叫做七门之城或七河之城。就这样,他领着伊本·赫尔顿或步行或骑马去了苏菲陵墓,拜谒了两位伊玛目的陵墓,还去了大马士革旧城和萨利哈耶城内的修道所和市场。

第二天,两人一起去参观当地园林、自然景观和河流。当时天空晴
237 朗,万里无云,使人更觉自然之美。他们从城堡脚下出发,路过布尔迪河岸到了秀丽的姑塔园林,之后去了尼尔卜和孟洽村。总的来说,这些地方山清水秀,一座座园林相连,一个个椰树林相接,林中鲜花朵朵,鸟语不绝。两人过了图拉和叶齐德河,稍微往前一走就到了嘎斯允山下——众先知上山的地方,两人只参观了先知易卜拉欣的出生地。然后前往萨利哈耶城,参观了一些遗迹和名胜,在其中的一座清真寺礼了拜,去当地一家餐馆用餐。之后,便去一处建得很高却被废弃的房子,布尔汉丁说,这是他哥哥的财产,但他两年前就失踪了,他请伊氏去会客室稍加休息后回大马士革。

在会客室,伊本·赫尔顿表达了自己高兴的心情,也表达了对朋友的感谢,还问了一下他对这里如此熟悉的原因。朋友说:"大师啊!我忘了告诉你,我和伊玛目伊本·泰米叶一样生于哈莱,在去埃及前一直生活在萨利哈耶城,此次参观是回忆往事,追溯过去。若不是蒙古人和目前的混乱局面,我会领你把大马士革翻个底朝天。"

238 "你那个失踪的哥哥呢?"

"说法很多,大概最准确的是说他目前住在格拉纳达,一直在鼓励人们与基督徒作战,拯救安达卢西亚。"

"如果消息准确,那他的工作太高尚了。我会告诉在格拉纳达的朋

友，帮你查找他。”

“也问问他们，安达卢西亚仅剩的那点土地的情况如何？①我们的另一处创伤。”

“兄弟啊！这是一个仍在流血的伤口，没有一个格拉纳达或马格里布国王能够止住它。”

“大师啊！我从你的书中得知由纳赛尔统帅的穆瓦希德人于伊历609年在奥格白战败，它预示着再也没有任何马格里布地区的势力返回安达卢西亚挽回其陨落的命运。”②

“二十几年前，穆斯林军队在哈托尼之役中获胜，穆瓦希德人于伊历600年年末在埃尔克战役取得胜利，这次打败穆斯林军队是对前两次失败的报复。至于将安达卢西亚重新置于伊斯兰的旗帜之下，我认为自伊历740年艾布·哈桑的军队被联姻的卡斯提尔和阿拉贡国王打败后再也无可能了，尤其坚守格拉纳达的奈斯尔王朝有时还和基督徒联合，一起攻击马格里布的穆斯林军队。”

“奈斯尔人和其他宗派的国王们一样，内讧不断，目光短浅。伊本· 239
艾布·舍尔菲说得对：‘名不副实的王国称号，想充狮子的病猫。’”

“四十年前，格拉纳达的埃米尔穆罕默德五世在红宫接见了我，我受到他和大臣利萨丁的热烈欢迎。后来他派我出使我祖父的封地——塞维利亚的彼得王，如我在拙作中所说，目的是和马格里布的国王们联盟来对付阿拉贡国王。我高兴而愉悦地接受了这项使命，尤其我也担心

---

① 指穆瓦希德王朝在西班牙的统治被推翻后，除了格拉纳达的穆斯林政权外，几乎整个西班牙都被入侵的基督教各君主所征服，格拉纳达也于1492年陷落。

② 1212年，穆瓦希德王朝的穆斯林军队迎战基督教联军。这支联军是以北方那发尔、阿拉贡、葡萄牙圣战骑士以及法兰克的军队组成的，由卡斯提尔国王阿尔封索八世统帅，号称“新十字军”，声势浩大，与穆斯林军于科尔多瓦东的奥格白山地决战，最后穆斯林军队战败。随后穆斯林在西班牙南部的大部分地区，被基督教徒“再征服”。

卡斯替尔人和阿尔贡人联盟，那样的话安达卢西亚就危险了。我出使彼得王期间，在他宫中从远处看到塞维利亚清真寺被基督徒改建成基督教教堂；我参观了宫中的园林；看到穆斯林政权在这个美丽的国家的陨落，当时心情非常沉重。有一次，彼得王觉察到我的心情，便说如果我愿意留在他身旁，他就把我祖父在塞维利亚的封地还给我，我婉言谢绝，想对这个战争贩子、金钱的奴隶和暴君说：‘对我而言，尘世的繁华
240 不及蚊子的翅膀。安拉是真正的胜利者。’”

“贤兄啊！我看这个帖木儿同样会给你许诺高官厚禄，让你随他去撒马尔罕。我想你会像拒绝彼得一样拒绝他。”

“布尔汉丁啊！我不担心帖木儿和蒙古人对伊斯兰教的破坏，因为他们和马穆鲁克人及其他民族一样都按照自己的意愿信奉伊斯兰教。我最担心的是伊斯兰教在安达卢西亚的命运，基督徒凭借由穆斯林输入的知识日益强大，如果他们一旦获胜，就会毫不犹豫地屠杀穆斯林，或逼迫他们集体逃亡或改宗换教，①西方伊斯兰上空已经乌云滚滚，命运危急。主啊！求你怜悯！”

两人一起连说“阿米乃”，之后便凝视大马士革、面前的姑塔，看黑暗中的星星灯火。布尔汉丁心碎地说：“贤兄啊！你知道，大马士革这座城据说始建于大洪水时代之后，不管这个说法正确与否，我将其喻为一
241 本最珍贵最悠久的著作，留下先知努哈、吉伦、双角人、罗马诸王、穆斯林开疆拓土者和伍麦叶人及其他人的笔记。怎么可以想象，把这样一本著作留给蒙古人烧毁？如果素丹和他的军队跑了，那大马士革的命

① 奈斯尔王朝被西班牙基督教徒消灭后，托莱多大主教主张，将7岁以上的穆斯林男女，全部逐出西班牙。如有不信奉基督教的穆斯林留下，便立刻处死。于是上百万西班牙穆斯林居民被逐出。有一次，被驱逐的穆斯林前往非洲时，有10万人惨死于途中。至1609年，所有的穆斯林都被逐出西班牙。自此，沉淀800年之久的伊斯兰文物和艺术珍品也惨遭破坏而荡然无存。这不能不说是人类文明史上的一个悲剧。

运就靠学者们了，一定要靠谈判来保护它。我这样想，你呢？”

伊本·赫尔顿感到问题的严重性，思索片刻便说：“如果素丹撤回埃及，我不知道，学者们会随其而去，还是留下来帮助当地居民。”

这位罕百里法官眼睛顿时通红，透着坚定：“我无法阻止后撤的军队，但以安拉起誓，即使丢掉性命，我也不会让一个法官、学者和医生随其逃走，只有你可以撤走，因为你已被革职，不是法官了，但我知道，你高尚的品德会使你留下来与百姓共患难。”

“你说对了，布尔汉丁。如果与帖木儿的谈判势在必行，那么，学者们应该承担起重任，周密安排，竭力使这座城市免于毁灭。”

两人相对而视，感觉想法不谋而合，十分激动，便起身拥抱相互鼓励，之后便返回大马士革城。

驻扎大马士革第三周的一个早上，伊本·赫尔顿很早就起床了， 242
特别想找人了解情况。一方面，他两周前写给家里的平安信，一直没有回音。另一方面，军事方面也无新的消息。这种着急的心情使他想给学生们做场简短的讲座，讲一讲关于消息及其心理作用和历史需求等问题。当与学生们讨论时，发现他们的举例都说明面对周围不断的战事，城中百姓的忧虑和担心日益严重；也说到商人和手工业者的税赋日益繁重，有钱人都在争着买去埃及的通行证，或准备逃往巴勒斯坦，或更远的安全地。学生们问老师对这些人的看法，他首先讲了消息的收集及辨别等问题，最后讲到为主道牺牲的光荣及目睹历史事件的重要性。

中午之前，大师去了叶丽柏格广场的邮政帐篷，看看有无他的信，结果令他失望。于是他就在街区和市场上闲逛，但看到人们的脸比他的脸更愁苦，看看周围，发现垃圾堆积如山。人们三三两两走过，嘴里
对造假者和囤积居奇的奸商骂个不停。同时，一些小孩和智力残障者 243
走街串巷，嘴里喊着：“安拉啊！你援助我们的素丹！”他正观察着，忽然

两个苏菲模样的人挡住他的去路，一人四面张望，另一人对他说：“先生啊！在这个城中只剩下可怜人和穷苦人了，你是有学问有面子的人，给两千金币，我们会把你送到帖木儿跟前，他尊重学者，喜欢绅士；或者我们把你送到安全的地方。”伊本·赫尔顿想这两人有可能是细作，便狠狠地瞪了一眼，继续随人流往伍麦叶大清真寺而去，但路上无家可归和乞讨的人明显多了。

人们在清真寺的每个角落向安拉祈祷，希望安拉赐予出路和怜悯。礼完拜后，大师加入到祈祷的人群，之后便向圣门弟子壁龛处走去，发现人们正准备为亡人举行殡礼。一打听说亡人是一位也叫布尔汉丁的沙姆地区大法官，在马穆鲁克和蒙古人的交战中殉道。参加完殡礼，他找到一个安静的角落，想休息一会儿，但内心一直无法平静，忽然想去见见耶释别克和曾促膝长谈的那位年轻朋友布尔汉丁。

在驻地，耶释别克很热情的迎接了伊本·赫尔顿，话中透出希望和欣慰。他说：“我们与蒙古人的对峙情况大有好转，两军最后一次交锋
244 使我们的将军们相信蒙古人不可战胜只是一种传说。持续两天的战斗昨天结束，我们只出动两千骑兵就打败帖木儿的先锋，俘虏和杀死了许多蒙古人，并迫使帖木儿的左右军后撤，而我们只损失了一百多人，还有沙姆地区的大法官布尔汉丁阵亡，舍尔菲丁·尔萨受伤。”

耶释别克停顿了一下，他看到伊本·赫尔顿对这场大战中这个有限的胜利有些不以为然，于是就接着说：“我的朋友啊！你知道，我们还未进行决战，也未取得决定性的胜利，但是，我们只能抓住这些光明，即使一缕也罢，我们的士兵需要胜利来鼓舞士气。鼓舞，鼓舞，如果情况需要，就得夸大一下胜利成果。”

“还有别的好消息吗？”

“侯赛因素丹说是因与帖木儿不和来投奔我们，我能把它当成好消息吗？你帮我看看，他是真投降还是诈降？”

“我实在太累了，否则，我想见一见这位投降者和一些俘虏，问问他们关于帖木儿的情况。”

“他们都说，这个暴君的日子一天比一天难过，他准备拔寨挥师北上，或者回撒马尔罕，这是最大的可能。”

“但是，要当心这是帖木儿的诡计，他一向都是诡计多端。” 245

“有时候，了解真相几乎是不可能的，我们不可能折磨俘虏让他们讲话，或者讲我们想听的。”

“我不是指要拷问俘虏，但是要提防帖木儿的麻痹之计。”

“你说得很对。一些埃米尔一听到这个消息就嚷着要回埃及，我和一些忠诚的将领们一再提醒素丹这是帖木儿的诡计。”

“朋友啊！若不是年迈，我一定参加战斗，亲自看看其征兆。”

“愿安拉让你长寿！我们需要你的学问和忠言，不需要你亲自上战场。”

“从年迈的角度，你的话有理。我感觉自己最后的一盏希望之灯在逐渐熄灭，连消息——无论重要与否——都不想听了，这大概是死亡的信息吧。”

“大师，我从未见过你如此悲观过！夫人和孩子的情况如何？”

“没任何消息，也没任何回信。”

“你现在就写封信，我今天用信鸽送回去。你想回埃及或把家眷接 246
来都行。”

“兄弟啊！太感谢你了。布尔汉丁·本·玛法力哈在哪里？”

“这个人正在用自己的方式进行圣战，他奔波于沙姆地区的各城市之间，说是要组建义勇军开赴大马士革。他现在正在认真安排和计划，好像埃及军队肯定要放弃沙姆地区，最终的决战要在蒙古人和大马士革人之间展开。”

“假如我在他这个年龄，肯定会做同样的事。”

伊本·赫尔顿要了一张纸，给妻子写了一封信，封好后交给耶释别克，后者与他告辞，并叮嘱一旦接到他的手谕就马上搬到要塞中去。

大师度过了五月剩余的日子，每天看到的情况无任何好兆头。学生们不再来上课，人们像地下坟墓中的老鼠，目光呆滞，呆头呆脑，纷纷找地方躲起来，家里、清真寺里、修道所里等。而士兵们则与往日不同，忙于各种调动，把守大马士革城的各个城门，巡查通往要塞的各条道路，在街道和巷子里巡逻。

247 这个季节，天气也坏到了极点，不同寻常的炎热，太阳像一个大火球，将夜晚也烤得闷热，空气似乎静止，却夹杂着死尸的臭味，而晴朗的天空却尘土滚滚，令人无法忍受。

蒙古风暴即将来临？

伊本·赫尔顿正在想，邮差送来一封信，他以为是家里来信，赶快打开，一看却是那位新朋友布尔汉丁的来信。他坐下详细阅读信中每一句话，很快发现问题的答案。布氏在信中写道：

> 道过"赛俩目"！尊敬的大师，因忙于组织义勇军，这段时间未能相见。我这样做是因为我得到确切消息，马穆鲁克军队将放弃大马士革，让老百姓自己对付蜂拥而至的蒙古军队。老百姓无武器、无粮草。我们每天听到有埃米尔或将领逃回埃及，我几乎可以肯定素丹也会马上逃走，一方面怕帖木儿，另一方面怕埃及的阴谋家们。
>
> 248 与暴君的谈判看来已经不可避免，即使伊玛目伊本·泰米叶活在现在，也会同意和帖木儿谈判，以阻止帖木儿的暴行和保护百姓的生命。在特殊时期，"塔基亚"是弱者的武器。"无法、无力，全凭安拉帮助！"
>
> 我认为，学者们首先要达成谈判的目的，然后与帖木儿谈判，

我们的目标是与帖木儿达成协议，把大马士革城的钥匙交给他，而他则保证百姓的安全。

但是，在达成任何协议之前，帖木儿肯定会让我们——法官和学者们——去见他，两个月前，他在阿勒颇被打败后就这样做了。但是，从该城逃出的人的口中获悉，鞑靼人非常野蛮，而且言而无信，尤其帖木儿善耍诡计。

无论如何，要从阿勒颇的教训中汲取经验。据说，阿勒颇城的学者们在与帖木儿理论的时候，他突然问道："谁是殉道者？我们中阵亡的人？还是你们当中战死的人？"一时间，在座的人不知如何作答，他们在思索一个令问者满意、不使自己丧命的答案。这时阿勒颇的穆夫提哈菲兹·花剌子模的一番话救了大家，他说，有人问过先知同样的问题，先知说，为弘扬伊斯兰而战者，如果被杀，他就是殉道者。大师啊！你也得找一些类似的杜撰的"圣训"，以便你听到帖木儿的口头禅"胡博胡博"意思是"实话是得救的根本" 249
时，会让自己远离糟糕的结局，也会为我们打开希望之门。

贤兄啊！与暴君的谈判由你来主持，因为你学识渊博，精通政治。你从现在起就开始准备，为有可能出现的所有问题准备好答案。

我现在为包括帖木儿毁约等可能出现的情况做准备，还和另一些兄弟们负责训练义勇军准备巷战，愿安拉帮助我们！

这封来信使伊本·赫尔顿打了个寒战，意识到最危险的时刻已经到了。于是骑上马去一些街区看了看，然后催马往要塞而去。一路上尘土飞扬，而城西方向则是尘土滚滚，好像正在进行惨烈的厮杀。空气一片浑浊，好像占领了萨里哲山的蒙古人阻断了通往要塞和大马士革城的新鲜空气。

除了一些实在无能为力跑不了的人们躲在城墙后希望躲过一劫
250 外,其他人面如土色,四处逃窜,努力寻找最后一根稻草;疯狂囤积水
和食物,满街垃圾则留给苍蝇和老鼠等照顾。

大师到了一个叫做“小门”的要塞门,卫兵见是大师,便通报队长,队长出来领他去见要塞长官艾齐达尔。艾齐达尔热情地欢迎他的来访,一番简短的谈话之后,大师得知要塞长官决心死守要塞,即使学者们献城。同时,他估计此人死守要塞大概有两个原因,一是对素丹的忠诚,二是得了投奔要塞而来的有钱有势者们的好处。艾齐达尔叫来个士兵,让他听大师的吩咐,然后起身告辞,他对大师说:“要塞的门只在明天早晨打开,你选个帐房住下,我希望决战之日你和我站在一边,也帮帮我。”

大师谢过要塞长官,骑上马,由士兵牵着往要塞营地而去。

这座要塞又高又险,很少有平缓的地方,所有的东西一旦倒地就会滚下去,或飞起来一般。地面因人们的活动像蜜蜂窝一般崎岖不平。要塞中除了一幢地势和建筑都很好的房子外,鲜有建筑物,各种大小不一的帐篷毫无规则地散落在各处。

正午刚过,大师找到一个小小的帐篷,在此处礼过礼拜,吃了一
251 点能找到的东西,心想:在这种艰难的时候,能吃到苏菲们吃的(简单
食物)就不错了。然后,躺下来想休息片刻,但除了缓缓脚外,脑子里一片混乱,心里根本无法平静。他想自己的小家,也为听到大马士革周围被围困的消息烦躁不已。这些都使他意识到,自己能否平安回到埃及要看已逼近大马士革的围困的最终结局。以历史经验来看,其结局或者是有条件的献城,或者是被攻克,或者是据城死守,最后使帖木儿无奈撤走。但是大马士革人能战胜饥饿和断水的考验,能度过艰难的时刻吗?

正在胡思乱想,忽然脑海中浮现出一个古希腊故事,他忘了是在哪

本书里读过的。故事说在伯里克利时代，由斯巴达率领的伯罗奔尼撒联军被迫撤去对雅典的围困。其原因是军人们害怕被城中蔓延的瘟疫感染。他又仔细想了想这个故事，忽然灵机一动，他想，假如大马士革守军派细作在蒙古人中散布城中出现瘟疫的消息，会有什么结果？他不断重复这个问题，渐渐地进入梦乡，却在梦中只看到了惨烈的场面。
半夜，他忽然被大喊大叫的声音惊醒：“叶丽柏格宫着火了！素丹和他 252
的军队逃跑了！”他赶紧向外跑去，发现人们或独自或成群结队跑过，嘴里重复着这个令人沮丧的消息。大师不太相信马穆鲁克人突然全部撤军的消息，但从城垛望去，素丹和其军队驻地火光冲天、浓烟滚滚。

大师坐在一块大石头上，一边祈求安拉，一边在想。天刚露出一丝鱼肚白，他便直奔瞭望塔，想打听一下情况，只听军士说：“老人家，眼见为实，耳听为虚，你自己上来看看。”

在大马士革西面和北面的城下，一队队驮着东西的骡马和驴子有条不紊地走着，一队队人在努力挖战壕，并在其中填上石油、硫磺等物品。在与巴士拉接壤的方向，只看到奔驰的骑兵和飞扬的尘土。大火烧掉了最后一个帐篷，火势蔓延到布尔迪河岸。

大师看着面前这个体格健壮、身材高大的瞭望员问道：“我们下面平地上的这些壕沟，是谁下令挖的？”

“埃及军队没有全部撤走，由布尔汉丁带领的一部分人留下了。”

“这个布尔汉丁现在在哪里？” 253

“肯定在与他率领的年轻人在一起，他在训练他们如何厮杀和伏击。你去西面的平坦地，就会找到他。”

伊本·赫尔顿谢过这个年轻人，便去寻他的朋友，寻思着他知道的肯定比自己多。一出要塞西门，就看到义勇军队伍，没费多大周折就找到了布尔汉丁，因为布尔汉丁犹如伊玛目或首领一般，人人皆知。两人很激动地拥抱在一起，接着布尔汉丁就开始说义勇军的情况：“贤兄！

我们已竭尽全力做准备，剩下的就靠安拉了。我们一起去阿迪力叶，我们和一些留下来的有识之士有个会议。”

在一个废弃的学校里，两人面对面坐下休息了一会儿，然后一起礼了晨礼。礼毕后，伊本·赫尔顿说：“我收到了你的信，现在想证实一下：蒙古瘟疫肯定来临？素丹和他的军队都撤走了？”

布尔汉丁脸上有些诧异地回答道：“那么说，你很晚才收到我的
信！你不知道马穆鲁克军队撤退的消息？一周前，他们就趁着夜幕逃回
254 埃及了。他们与蒙古人的最后一役遭到惨败。当时帖木儿散布谣言说
他的军队遭到打击，只得后撤，于是一些马穆鲁克人去追击，却遭到帖
木儿连环弩、骑兵和大象军的伏击，几乎全军覆灭。”

“耶释别克去哪里了？”

“他告诉我埃及国内真正发生了叛乱，和我商议该怎么办，我告诉他，他最好追随素丹而去，因为国家需要他，另外，说服素丹保卫沙姆地区。他要求带你走，被我拒绝，我说你希望和法官们留下来去和帖木儿谈判，你曾这样许诺于我。”

“贤弟做得很好！后来呢？我虽然年老，但还能撑得住。”

布尔汉丁笑了笑，未作答，好像为了让大师多休息一会儿。过了一会儿，来了一群法学家，由一个苏菲打扮的老人领着。相互道完“赛俩目”后，大家坐定。通过介绍，伊本·赫尔顿认识了在场的人，也听到沙斐仪派的法官素戴尔丁被蒙古人俘虏的消息。大法官迈哈穆德·本·阿奇是在座的人中最年长的，他正准备讲话，却见要塞长官艾齐达尔带领士兵将此地围住，自己手持宝剑闯进来，并恐吓说：“先生们，你们的这个会议是非法的，没有得到素丹的同意。”

255 布尔汉丁见状，心想对此人必须要强硬，于是说：“艾齐达尔，你先
给在座的各位大人们道声‘赛俩目’，不要惊慌。”

“我不会给想把大马士革交给暴君的人们道‘赛俩目’。”

“如果你有素丹的命令，就拿出来，或者让素丹的机密书记官纳赛尔丁看，他就在这里。如果你要保卫要塞，那就和你的有钱有势的百姓们一起去守着它。”

“如果你们献了大马士革，要塞就岌岌可危了，你知道这一点。你们都知道，帖木儿言而无信，他也许今天给你们许诺安全，明天就会毁约。”

“这个，我们知道。我们也知道，面对强大而凶猛的军队做垂死反抗简直是儿戏，或者是自取灭亡。这些贤达们的目的是劝帖木儿阻止破坏，保护无辜百姓的性命。你如果还有别的目的，也请说出来。”

“先生们啊！受伤的雄鹰只能盘踞在悬崖之上，我们的情况和它差不多。我们只能坚持和忍耐，除了坚持还是坚持，直到敌人失望而撤走围困。”

犹豫再三，伊本·赫尔顿既想支持布尔汉丁的主张，又想让艾齐达
尔消消气，便说：“要塞长官啊！你说说，如果大马士革在抵抗后失陷， 256
蒙古人从高处向要塞发射炮石，除了谈判，还有别的办法吗？”

“我是军人，我已做了最坏的打算。只要素丹解决埃及国内的叛乱后回来与鞑靼人作战，这些都微不足道。”

“这是幻想，假如这些法官们有一点点素丹要回来的保证，那么他们就会另想办法了。”

“视死如归的抵抗会使素丹不顾一切来救援我们。”

“但是，你想一想，假如帖木儿在素丹回来之前打破城池，人们该怎么办？”

“要塞非常坚固，是我们最后的阵地。另外，要塞的粮草和水够坚持两三个月，在这段时间内，我们不可能等不到埃及援军。”

布尔汉丁看到自己与艾齐达尔的争执激烈起来，怕有人受其影响，
便说：“各位大人，你们别忘了伊拉克和沙姆地区的许多城市所遭的灾
难，而马穆鲁克人根本未动。他现在想用不切实际的假设来说服我们， 257

艾齐达尔,你说说,真正危急时刻,你会为逃命的穷苦人打开要塞的大门吗?”

要塞长官往后退了几步,有些犹豫地说:“要塞容纳不了那么多的人,帖木儿也不需要穷光蛋,他只抓有钱人和有地位的人。所以这些人得保护。”

一听如此说法,大法学家阿齐丁·艾启迪腾地站了起来,厉声说道:“毫无敬畏感的东西啊!不能用金钱来看何人性命贵重!”

布尔汉丁抓住机会趁势说:“艾齐达尔啊!我有许多证据,可以证明,凡受你保护的人,其三分之一的财产归你。”

谢赫·伊本·阿齐这时说话,只对要塞长官说了一句:“快走吧!”后者未动,只听谢赫对着他大叫:“快走!不然,我就一头撞死你。”

见此状,艾齐达尔和手下只得退出,谢赫·伊本·阿齐回到座位。伊本·赫尔顿被看到的一幕惊呆了,于是看看布尔汉丁,像是征询后者的意
258 见。只听他说:“先生们啊!时间紧张,艾齐达尔的手下还会回来,昨天伊本·赫尔顿大师不在,我们当时决定我和谢赫·阿齐丁·艾启迪去见帖木儿,鼓动他签一个和平协议:我们献城,他保证城内百姓的人身安全。如果我们带来协议,我们的目的就达到了。否则,我们就死战到底,需要你们鼓励士气,这是我们当时所做的决定。大师,你的意下如何?”

“非常好的决定,我只是希望也允许我去见帖木儿,我对帝王史和谈判艺术的了解也许会用上排场。”

“大师,如果我和谢赫平安回来,你会见到这个穷兵黩武者。我们这次去只是探探虚实。这班弟兄们让我去是因为我有些脱身的本事,他们还帮我们找到一个愿意一同前往的翻译。现在我们就去礼晌礼,祈求安拉给予顺利。”

当天晚上,布尔汉丁回到阿迪力叶,带来了和平协议和帖木儿的口头邀请,邀请各位法学家前往他处赴宴。他还告诉伊本·赫尔顿,帖木

儿点名要见他，原因是其主要谋士知道他，此人叫阿卜杜·加贝尔是穆尔太齐赖派人系哈乃斐学派，他精通各种语言，熟知东西方穆斯林的学问，熟悉各地学者。当晚在场的人都决定第二天一早去赴宴，约好在贾比叶门会合。

伊本·赫尔顿想睡一会儿，却毫无睡意。这时学校守门人来告诉 259
他，说布尔汉丁的人和要塞的士兵在伍麦叶大寺快要打起来了。大师一听，赶快起来，顶好房门，嘱咐守门人一定顶好学校的大门，然后想用读书来克服头疼，却无济于事，便起身重新做了小净，开始礼副功拜，一直到晨礼的时候，礼完晨礼后，便穿上最好的衣服，披上布尔努斯去约好的地方与其他人会合。

布尔汉丁第一个到来，其他人陆续到达。大家谈起艾齐达尔的干扰和他的警告，他威胁要杀掉从帖木儿那里请求和平的人；又说起被蒙古人俘虏的沙斐仪派的法官素戴尔丁。然后，大家要伊本·赫尔顿等一两天，看看局势变化再去。伊本·赫尔顿拒绝了大家的好意，并要求将他第一个从城墙上用绳子吊下去，于是布尔汉丁用绳子和一块亚麻布完成了他的要求。伊本·赫尔顿脚刚一着地，就被蒙古士兵团团围住，押到帖木儿在大马士革的总督沙汗·买力克处，但后者很热情地欢迎他，并派人将其送往大汗驻地。到驻地后，大师心神不安地等着，忽然见有一队士兵押着一个五花大绑，穿着短裤的人走过去，他想此人肯定是被俘虏的沙斐仪派法官素戴尔丁。过了一会儿，听到有人叫他的名字，还加上马格里布人马立克学派法官的称谓，他一听，就心里默诵了《古兰经》中的时光章和放逐章，然后整理了一下布尔努斯就走进帖
木儿的营帐。一看到帖木儿，他心想，此人就是那个你常常想象的怪 260
物！斜眼、密发、虎须、扁鼻、凸额。仅从外观长相就能看出其脾气暴躁，生性残暴。

坐在靠椅上的这个人酷似巢穴里的狮子，环视着周围的一切，就连

端给四周像猎豹一样守卫营帐的罗汉们的食物也要从其面前经过。当伊本·赫尔顿走近靠椅后，便低头道声“赛俩目”，被迫用下巴吻了一下伸过来的手，然后，被示意坐下。这时翻译官被叫来，一经介绍才知道此人就是前面说过的阿卜杜·加贝尔。

帖木儿的问题主要围绕他从哪里来，怎么来的，为何事等，伊本·赫尔顿简略回答，而且特别说了自己所受贝尔孤格的种种恩惠，还提到这位素丹曾斩了大汗的使者。当被问及马格里布地区的地理位置、城市和出产等问题时，他觉察到帖木儿青筋暴起，两眼露出贪婪的目光，于是便简略作答，暗示这些地区道路艰难，地形复杂，民风剽悍。但他的回答没能阻止帖木儿对此问题的关注，只听到翻译说：“陛下很向往这片在两海与两洲之间的好地方，他想让你给他写一本相关的书，让他感觉身临其境，他要踏破其天际，走遍其山川。”

261 大师只得答应，帖木儿连说“胡博胡博”，然后请客人进餐。他令人端上一种叫“乐世提”的蒙古人最喜欢的食物，在客人面前摆上盘子。大师起身吃了起来，显得很喜欢鞑靼人的食物，心里却担心被俘的素戴尔丁法官的命运。他还想到东方人的一个习惯，即让临死的人饱餐一顿，然后处死。当帖木儿示意他坐下后，他悬着的心才放下来。这时他看到帖木儿用一种不解的目光看着他，便想如果胡乱夸此人一番，说不定会让他心花怒放。于是，为了方便翻译官理解和翻译，故意放慢语速说道：“愿安拉襄助你！至今日，大概有三四十年，我一直希望能见到你，因为你是世界的素丹，是天下的主人。我想，从人祖阿丹到今天，没有出过像你一样的君王。我不是胡言乱语，我是严谨的学者，听我给你慢慢道来：王权源于宗派激情，王权的大小依其而定。前辈和后辈学者们都一致认为，世界上最厉害的民族有两个：阿拉伯人和突厥人。你知道，阿拉伯君主们在严格遵行先知的宗教方面魅力无穷；而在与波斯君主们竞争，夺取他们在呼罗珊地区的势力方面，突厥人尽领风骚。

无论是大流士一世、奥古斯都，还是亚历山大大帝或汉谟拉比，世界上的任何一个君主都无法与突厥人的宗派激情相比。波斯王是波斯人之王，但波斯人怎能比得上突厥人！罗马王和亚历山大大帝都是罗马人 262
的国王，但怎能将突厥人和罗马人相提并论呢?！汉谟拉比是巴比伦人的国王，这些人根本就无法与突厥人比！这都是我说你是千古奇人的依据。”

帖木儿高兴得牙齿尽露，眼睛眯成缝，狂笑不止。大师一看，便知情况很好。帖木儿还未恢复常态，侍卫来报说大马士革的法官们在候客帐篷等他召见，于是，一边传令让他们进来，一边跛着瘸腿向他们走去。伊本·赫尔顿和翻译官一起跟着他，一见到大家，便和他们站到一起。伊本·赫尔顿注意看布尔汉丁和迈哈穆德，两人受到帖木儿的热情欢迎，并与他俩亲切交谈，翻译故意大声翻译，以使其他人明白，大概意思是说，大汗尊重有智慧的学者，渴望听他们的谈经论道和治国方略，但是吃饱喝足后的交谈更加有意思。

帖木儿往外走，来宾和一些大人物跟在后面。他把大家领进埃米尔帐篷，里面摆好了吃的，大部分是煮好的羊肉。每个人都依其喜好吃了一些，一些人相互耳语起来，而另一些人却以目代言。帖木儿坐在靠椅上观察着，看有不吃的便示意多吃。时而从帐篷外传来一个声音反复吟诵：

“吃吧！如果活着，就告诉家人吃过的美味佳肴！吃吧！如果死了，就不会饿着肚子去见安拉！”

帖木儿在随从的帮助下准备起身，伊本·赫尔顿抓住机会，走近布尔汉丁，问他是否已将大马士革的钥匙交给帖木儿，另外怎不见谢赫·
阿齐丁·艾启迪。布氏悄悄回答说，谢赫就藏在我们中间，帖木儿现在 263
不要求交出钥匙，他要求在大马士革城下，当着老百姓的面把钥匙交给他。

帖木儿把短一些的那只脚放在一个黄金箱子上站直，用犀利的目光环视了一遍，然后让人从后面带进一个被绑在帐篷柱子上的人，向他吼叫，能明白是警告。这时翻译官已走到帖木儿跟前，他说："陛下命令隐藏者吃饭。"被绑的人大叫道："不吃！不吃！"大家一看都惊呆了，原来正是谢赫·阿齐丁·艾启迪。他还回应帖木儿的威胁，吟道："只要死时穆斯林，死于何地有何妨？安拉御前有我房。"大家一听，以为他必死无疑了。但奇怪的是，帖木儿很快平静下来，说了一大通话，而且不时做着手势，说完便坐在靠椅上。翻译官说："感谢安拉，他将王权赐予他所意欲的人，他援助他所意欲的人。我放了你们的这个谢赫，他爱怎么说就让他说去。你们知道我为什么会这样对待这些一无所有的人？
264 因为他们与红尘的联系比蜘蛛网的丝还脆弱，没有一点活的欲望。和帐篷柱子绑在一起的这个谢赫就是这些一无所有者中的一员，而且比他们还可怜。我的剑不会砍向这些看破红尘、老朽多病者。我只招呼那些不听话的素丹和强者们，我就是他们的对手，我要割下他们的头，让他们的血流尽。贝尔孤格的儿子从我面前逃走了，怕尝到我的厉害。至于他的那个要塞的长官，你们回去警告他，我会像洪水一般和炸雷一样摧毁他的要塞，坐在他的座位上，我一定要摧毁这个要塞，以前比这个更坚固的堡垒都毁在我的手中。因他的自大，我会让他尝到石头的暴雨，那些高傲、窖藏金银、蜷缩在要塞里的人们的大限已经到了。让他们赶快挖好坟墓等死吧。

"安拉说：'信道的人们啊！你们当服从真主，应当服从使者和你们中的主事人。'(4:59)凡是我征服的地区，服从我的命令是天职，因为我是善，其他人都是恶。因为这是蒙古人的时代。我的王权源于沙利亚大法和天文学家们的预测。你们的大学者伊本·赫尔顿就这样告诉我，我知道的和你们所知道的东西更加证明了他的说法。愿安拉赐你们平安。

"法官们啊！如果安拉派我来是要通过对我的服从来复活对安拉的

服从，那么你们为什么要顽固不化地违抗我？征服了诸多君主和城市的人能被抗拒吗？征服各民族的人能被抗拒吗？让君主和素丹洒泪，夺掉他们宝座的人能被抗拒吗？马穆鲁克人应该在铺满鲜花的道路上迎 265
接我的到来；他们应该在铺满大米、洒满香水的道路上迎接我的到来；他们应该以椰枣、鲜奶来迎接我的到来；应该用拥抱和亲吻来迎接我。但是这个被释放的奴隶自不量力，竟敢前来和我对阵。我打败了他们，打得他们抱头鼠窜。正如安拉所言：'不信道者的善功恰如沙漠里的蜃景，口渴者以为那里有水，等到他来到有蜃景的地方时，没有发现什么。'（24:39）

"我们战死沙场的勇士们才是虔诚的殉道者。先生们，捧起你们的手，说'阿米乃'。主啊！你让我们的殉道者进入天堂！主啊！你怜悯他们！主啊！你赐予我们的埃米尔帖木儿长寿！主啊！你帮助他打败马穆鲁克人和所有违抗他的人！主啊！你赐福他的王国，保护他的国土！阿米乃！一切赞颂全归安拉！"

法官们几乎都趔趔趄趄，站不住了，一听到最后一句，都长长舒了一口气，好像刚经过一场艰难的考验，而他们只能使用"塔基亚"原则这个利器，捧起手掌，应付翻译官冗长的祈祷。布尔汉丁悄悄对伊本· 266
赫尔顿说："我猜你和我一样重视事物的对与错，也许你也注意到翻译官翻译时加了不少自己的想法，但目前的情况不允许我们较真。你求安拉让我们躲过这个暴君的'清算桥'。"

和着翻译官的祈祷词，帐篷外蒙古人的祈祷声响彻天空，帖木儿坐在宝座上深深陶醉在洋洋得意和自命不凡中。忽然，他一挥手，全场马上一片可怕的沉寂。又一挥手，起轿，抬着他向妻子的大帐篷而去。而沙汗·买力克总督则要求大家要晚上早早在贾比叶门前等待大汗。

中午时分，炎热的天气，难消化的食物，占领区野蛮而粗鲁的蒙古士兵，帖木儿在谈话中没有强调和平协议，如此等等使得法官们像斗败的公鸡,垂头丧气,全无了说话的兴趣。每个人都无奈地跑回家去休息,等待夜晚的到来。这天是伊历 903 年六月十九日。贾比叶门口空地上,锣鼓喧天,号角彻地,大马士革的居民相互转告暴君及其军队到达的消息。只有恐惧和害怕是每个人能感知的感觉。布道者、法官的安慰
267 和传达帖木儿和平协议者的解释都无法使内心得到一丝放松。大部分人都明白,蒙古人不可能在大马士革城放弃自己的抢劫本性,放过这座城市。但大家也非常清楚,抵抗或固守要塞意味着垂死挣扎和自寻死路。因此,他们能做的只有祈求安拉,不要让人人都遭蒙古灾难。

大马士革人争先恐后地聚集在帖木儿和其部下到达之地,都想看看这个帖木儿的模样。人群前面是大马士革的众法官和头面人物,人人神色凝重,心情沉重,心里想着布尔汉丁的说法:“我们交出的是城市的钥匙,而非心灵的钥匙。”喧闹的音乐依然使人感到阵阵寒栗。帖木儿端坐在帐篷中接受代表们的致意,并一一示意就座。当大家坐定后,音乐停止,一片安静,沙汗·买力克叫大法官穆哈迈德的名字,让他代表大家站在帖木儿面前,然后在他面前打开一个大木箱,里面装满了钥匙,沙汗·买力克让大法官把献城的象征物放进这个箱子。在这个历史时刻,布尔汉丁向前一站,先向帖木儿致意,接着从口袋中拿出一卷纸,用大家都能听到的声音说:“这卷纸内有我们的钥匙,是我们祈求和平的象征。而这个是埃米尔大汗、穆斯林生命及财产的保护者——
268 诚实而可靠的帖木儿盖了他的印章的和平协议书。”布尔汉丁用接近蒙古语的突厥语重复了这句话。帖木儿未曾想到出现这种情况,但很快压住怒气,狠狠地瞅了一眼这个罕百里人,就对着大家大笑起来,谁也猜不透其中的含义。然后他示意法官们可以离开,并让翻译官告知大家,主麻日和两大节日的演讲中都要提到大汗帖木儿的名字,要为他祈祷。伊本·赫尔顿和一些熟悉大马士革城结构的工匠们被帖木儿留下来,商议如何切断要塞的水源。由于大家对水源的问题争执不下,

帖木儿让工匠们两天内画出一个草图交给他，然后允许大家回去。

大师回到住地，独自一人坐在房内。他与家里失去联系已经很长时间了，想到这里，便担心不已，也更加想念女儿和妻子。但是也只能靠念诵安拉之名来得到片刻解脱。他知道要从帖木儿处抽身就得靠自己对后者的承诺，即写一本关于马格里布的书。就这样，他开始写，着重提到该地道路崎岖，民风剽悍，希望以此来打消帖木儿想将马格里布合并到其王国的念头。过了些日子，正当他埋头写作之时，听到要塞陷落的消息，说是要塞受到蒙古人炮石、硫磺、石油等毁灭性武器的打 269
击。有位法官告诉他，要塞长官逃脱，但要塞里的人遭到抢劫和屠杀。布尔汉丁被抓，原因是他去帖木儿处抗议对大马士革人征税过高。只过了两天，有人带来了更糟的消息，蒙古人在城里烧杀抢劫，无恶不作。他们放火烧了许多住宅和市场，火灾甚至殃及大寺，完全烧毁了东边的宣礼塔。

"帖木儿撕毁了约定，求安拉诅咒他！我们应该马上去抗议。"大法官和一起来的人都这样说。伊本·赫尔顿只好赞同大家的意见，尤其他已经看到那些在城里四处抢劫的士兵在学院周围晃悠。

代表团马上往埃布里格宫而去，因为帖木儿住在那里。到达后，他们向总督请求见帖木儿，却未能如愿，于是便去找翻译官。翻译官很热情地招呼大家，好像不知道城里发生的事。见此状，大法官不顾年迈和劳累，愤怒地给他讲发生的情况。当罕百里学派法官夏木西丁看到翻译官不为大法官的控诉而动时，便对他吼道："我们和你的主人签的是和平协议，还是破坏协议?！蒙古人的所作所为为伊斯兰教所不齿。安拉说：'这是真主的法度，你们不要违犯它。谁违犯真主的法度，谁是不 270
义的人。'(2:229)"

翻译官感觉到他不说话是不行了，尤其看到人们有可能将事情闹大，于是说道：

“先生们，别急，慢慢来。你们告诉我的这些情况我早就知道，但我也无能为力。为了让你们冷静下来，我越权来告诉一些你们不知道或被忽视的情况。以沙利亚为标准的政治只存在于伊斯兰早期和之后很短的一段时期。而大多数时期是现实政治，它的动力是强权和现世利益。如果你们想要完全明白其中的道理，就问你们中的学者和历史学家伊本·赫尔顿。为了让你们明白我的话，我说得更清楚一些，你们要知道，大汗帖木儿走的路是其之前的征服者走过的道路：不得已时签订协议，需要时就毁约。如果你们认为发生的事说明蒙古人没宗教情操的话，是强权的逻辑强化了这种情况。先生们，你们要明白这个逻辑，你们要以现实情况来讨论政治，而不是用理想来解释它。你们不要就脑海里的崇高形象来谈论政治，而是要从国家和物质的本质来看待它。伊本·赫尔顿啊！你说是不是这样？”

伊本·赫尔顿感觉到夹在这个精明的翻译官和大法官及其同僚们
271 之间很难受，他认真想了想，决定在这个令人心碎的时刻支持同僚们，他说：“翻译官啊！虽然我们承认现实政治的本质，但也不是必须要支持它，你说宗教情操的衰弱是因为强权逻辑，这并不能说明宗教情操本身有问题，而是因为当权者和百姓重视现世的欲望和享受而已。另外，此言也与现在发生的烧杀抢掠的行为无关。我们谈的只是让明白人不知所措的问题，即如果大汗已经实现了强权，如像沙姆地区的其他地方一样，他占领了全部大马士革，那么有什么可以理解的原因让他毁约呢？他怎么解释蒙古士兵对无辜的百姓犯下的种种罪行呢？”

翻译官犹豫片刻，然后挠了挠后脑勺说：“大师啊！我如果回答，你们要答应不能外传谈话的内容，否则，我们都必死无疑。先生们，这是一个必须遵守的条件，否则，我不会回答你们对帖木儿的作为想不通的这个问题。这位大汗只从两个目的来看待其行为：一是他与士兵间有个不成文的约定，士兵效忠于他，而他则允许士兵抢掠；二是大汗打

仗不只靠战场上厮杀，他靠计谋和那些令人恐惧的谣言，让敌人先胆
怯，这就是帖木儿为什么要屠城和纵火的原因。请你们相信，对大马士 272
革他真是网开一面，曾要求士兵抢劫要有所节制。”

听到此，夏木西丁愤然起身说道：“你说的这些统统于理不通，与教不和，你告诉你的主子，我们要在家里和清真寺里每天诅咒他，把他交给强大的安拉！”

“这位法学家啊！我可怜你，也担心你和你的同伴们的性命，我不会给大汗翻译你刚才的话，你们要小心，要忍耐。”

法官们很快离开了，伊本·赫尔顿却留了下来，他希望知道朋友布尔汉丁的情况，翻译官回答说：“你的这个朋友，在帖木儿面前说话放肆，还鼓动人们抗税，帖木儿把他抓起来关在一个安全的地方。请相信，只要我在，他不会受到伤害。现在你能明白我为什么和总督不让这些法官们见帖木儿了吧！”

伊本·赫尔顿告辞后，径自往伍麦叶大寺而去，想看看它被破坏的情况。进去一看，人们刚扑灭了最后的火苗，在清理瓦砾和灰烬。但是积极干活却无法掩饰惊恐的眼神，时而听到有人伤感地说：“纵火烧寺的人有何面目去见安拉。”

伊本·赫尔顿坐下来想，复活日帖木儿如何面对安拉，也许他会 273
说，他没有故意放火烧寺，他不知道是从哪里着的火。在一个角落里，
烟雾时而飘过，大师站起来，礼了许多副功拜，便低头回了住地。

怎样才能离开帖木儿？

这个问题一直萦绕在大师的脑中，令他头疼不已。这是一个复杂的问题。经验告诉他，凡是落入帖木儿宝座阴影之下的人不可能脱身，除非有什么奇迹发生。帖木儿有个习惯，即随军带着工程师和工匠，以便让他们来建设他喜欢的城市。另外，他还随军带学者们，用来装点门面和听他们的故事消遣。伊本·赫尔顿曾陪贝尔孤格的儿子来大马士革，

后者年幼，不想听这些，如果是帖木儿就会以高官厚禄把他带到撒马尔罕。伊本·赫尔顿唯一的希望是回到开罗，回到家人身边，回到那些钟爱的藏书身边。但是，他怎样给帖木儿说这个希望，让其明白它的炙热程度。

他知道，直说是无益的，也许不仅无功而返，还有可能伤到自己。以此，只能迂回和绕圈子，也许靠隐喻、比喻和借代等修辞手法加上巧妙表达等会如愿以偿。

274 为了让帖木儿听到自己精心准备的一番话，伊本·赫尔顿先去仔细挑选了一份颇具含义的礼物：一本精致的《古兰经》手抄本，一个很漂亮的礼拜毯和一首手抄的由蒲绥里[1]所作的《衮衣颂》诗歌，还有几盒有名的埃及甜点。在街上，他看到了人们对蒙古人的重税抱怨不已和十分不满，时而听到有人说："这些士兵的肚子是个无底洞，永远填不满。""我们成了鞑靼人的奴隶，我们挨饿是为了让他们吃饱，我们勒紧裤带是为了让他们过得幸福。"大师只能安慰人们要忍耐，安慰他们困难总会过去的。

"托靠安拉的襄助，我去了。主啊！你让通向脱身的道路变得平坦！主啊！求你眷顾我，使我顺利脱身！"

在埃布里格宫最大的议事厅里，伊本·赫尔顿给帖木儿献上礼物，看到他从靠椅上坐起来，把《古兰经》放在头上，又亲吻了几下礼拜毯，显得很喜欢。当伊本·赫尔顿为帖木儿献上《衮衣颂》时，他请翻译官翻译，给帖木儿介绍这本诗集和其作者。最后，他先吃了几口带来的甜点，以表示这些都是安全的，然后递给帖木儿。后者拿了一个放进嘴

① 蒲绥里：1213年出生于埃及，卒于1296年，是著名的圣训学家、教法学家、诗人和书法家。他卧病在床时，梦到先知穆罕默德前来探视，并脱下自己的外衣，盖在他身上。稍后，病霍然而愈，乃作《衮衣颂》，歌颂先知，该诗在伊斯兰世界流传极广。云南伊斯兰教学者马安礼将该诗用古诗体译为汉语，名《天方诗经》。1890年在四川成都木刻刊行。

里，但眼睛却盯着伊本·赫尔顿，像是在要什么。翻译官马上说："大师，关于马格里布的书，写完了吧？"

大师有些迷惑地回答道："写书……嗯？人之所以叫人是因为他爱 275
忘，书，啊，'只因恶魔我才忘记了告诉你，'（18:63）啊，这就是那本书（他从布尔努斯中拿出来），上面还有我的余温，现在献给大汗陛下。"

帖木儿拿着书稿掂了掂，忽然大声说："胡博胡博"，然后给翻译官说了几句，大概是将它翻译成蒙古语吧。伊本·赫尔顿见状，长舒一口气，他开始等待机会，发表自己精心准备的演讲。在场的都是一些大人物，他们和帖木儿在交谈，大概是同意和支持帖木儿的意思，而帖木儿嘴里吃着甜点，说了一大堆话，看来很是陶醉。他说完后，便让大臣和将领们离开，让两个体格健壮的年轻人向前给伊本·赫尔顿请安。他俩道过"赛俩目"后便离去。有人告诉他说，这是大汗的两个儿子。看到伊本·赫尔顿特别想知道帖木儿刚才说了什么的样子，翻译官俯身对他说："大汗刚才说的大概意思是说他对大马士革和要塞发生的事很遗憾，尤其对大火殃及伍麦叶大寺很抱歉。他怎能不遗憾呢？他曾在自己的记事本中写道：'我致力于解除欺压和压迫，因为这些会让人民产生
饥饿和恐惧。'但是，他有什么办法呢？士兵们一抢起来就忘了他的命 276
令。而将军们会将他赶下台，如果他不让他们摘取拿命冒险的成果。这就是战争的规则。至于大汗大声说的是，大马士革人应该受到蒙古人的惩罚，这是为他们的前辈们对哈里发阿里和他的两个儿子所犯下的罪行的赎罪[①]。"

如果翻译官翻译准确无误的话，伊本·赫尔顿根本想不到帖木儿会

① 第三任正统哈里发奥斯曼被杀后，阿里继位，但叙利亚总督穆阿威叶以要求惩处凶手为借口，公开反对阿里，双方于 657 年 7 月 26 日在叙利亚北部幼发拉底河畔的绥芬进行激战。阿里遭暗杀后，穆阿威叶在大马士革建立伍麦叶王朝。后来阿里的长子哈桑被人投毒暗杀，次子侯赛因被穆阿威叶之子叶齐德指使的军队所杀。

说这种话，于是抓住机会，要求帖木儿谴责士兵们违反伊斯兰规定的行为。但是翻译官害怕惹恼帖木儿，便胡乱编了几句说给帖木儿。这时，帖木儿让人带来一个面黄肌瘦、两眼深陷的年轻人跪在面前，说："自我住进这个宫里，这个年轻人就不断在路上堵我，说他是这个时代的阿拔斯哈里发，巴格达的王位应该归他。我和一些法官们商量过，他们都不承认他。我想，此事听大师的意见，你是历史学家，熟知阿拉伯人谱系，了解许多真相。伊本·赫尔顿啊！我现在给你一个很大的荣耀，让你忘掉大马士革城中不愉快的事。这个年轻人请求我帮他夺回宝座，你看我答应吗？这是个大事，我把它交给你来做决定，我来执行你的决定。"

277 伊本·赫尔顿没仔细想这个可笑的问题就马上回答道："大汗啊！关于哈里发的问题，我写了许多书。自五个世纪以来，随着布维希人小国的建立，我认为哈里发就像一棵朽了的老树，只剩下人们用来沾吉的份了；或者它犹如一个风烛残年的老太婆的脸，令人想起曾经的美貌。比起以前的任何一个时代，这个时代的哈里发更加可怜，仅剩名分，素丹们只用它来为自己找到合法性。今天挟持哈里发的人是素丹菲尔吉·本·贝尔孤格。大约在伊历660年，马穆鲁克的建立者拜伯尔斯在开罗发现了从巴格达逃亡而来的末代哈里发的家人。这个故事家喻户晓。这是我知道的关于哈里发的一些情况。"

帖木儿冷笑了几声，往跪在面前的年轻人脸上吐了一口痰，一会儿拧他的耳朵，一会儿又打他的后脑勺，他让翻译官翻译说："大坏蛋，你听到大师的决定了吗？从我面前赶快消失，没有什么哈里发的王位。千万别再来找我请求保护或要夺王位，赶快滚，我讨厌纠缠不休的人。伊本·赫尔顿，你看我执行得怎么样？以安拉的名义起誓，你如果说要杀掉他，那我肯定会砍了他的头。你还有什么大的要求？让我来给你解决。"

伊本·赫尔顿深沉而忧伤地说："我在此地是背井离乡加上身处异 278
国。我离开了故土马格里布，又离开了埃及的家人。我现在身处你的保护之下，我希望你给我出出主意，让我减轻一些思念的忧伤。"

"你说，你要我为你干什么？"

"身处异乡的心情让我忘了需要什么，愿安拉襄助你，也许你知道我需要什么。"

"我让你对哈里发的命运做决定，怎会不允许你回到家人身旁。你抓住我心情好的时机，说还有什么要求？"

"求你放了布尔汉丁，你开恩给大马士革的誊写者和手艺人们写个保护令，保护他们的生命和收入，准许想回家乡的埃及人回去。"

"你的朋友，我离开大马士革时再放他。至于保护令，我现在就写给你。"

伊本·赫尔顿表达了他对大汗的感谢，正当要离开时，帖木儿问他："说你有一匹宝马，你能把它卖给我吗？"

"哎呀！你怎么从我这里买呢？如果我有一厩的马，都会送给你，即使那样也难抵你的慷慨。我非常荣幸能把马送给你，它也找到了真正的主人。我向你告辞，想赶快把大汗签了保护令的喜讯告诉人们。"

伊本·赫尔顿出来后去了总督议事厅，从他那里拿了盖有帖木儿印 279
章的保护令，然后去宫门口拴马的地方，发现马早已不见了踪影，就明白议事厅隔墙有耳。

大师想在帖木儿反悔之前赶快回埃及，与家里失去联系一直令他很担心。同年七月二十一日，他起来赶快收拾好东西，向一些法官和誊写人告辞，并把帖木儿的保护令给他们，然后带着随从步行到宫里。在议事厅，帖木儿正和两个儿子、大臣在一起，他示意大师走近，并悄悄给他说了一通话，大师不懂，只好请翻译帮忙："你这么急的回去，肯定是为了女人，伊本·赫尔顿啊，我非常理解你！我自己在撒马尔罕也有个爱我和我爱的女人，打仗没能使我忘掉她的容貌，岁月让人更加想念她。我们两个都七十岁了，但心中却只有一个无法忘怀的女人。主啊！太奇怪了！你现在就动身，抄最近的路回去。这是我的手谕，你拿着它可以在我的王国里自由行走，如果哪天不如意，想来投奔我，就来撒马尔罕找我。这是我儿子沙汗·拉赫，他刚好有事要去格释哈卜，你
280 愿意的话就和他一起走，路上有个照应。以后你碰到其他素丹和埃米尔们时就给他们讲讲我，同时，你也祈求安拉赐予我世界的权利和后世的幸福。”

伊本·赫尔顿没敢说话，怕耽误时间，也担心言多必失。他赶快用拥抱辞别了帖木儿，出宫后马上上路直奔埃及。

这天的大部分时间，他和回埃及的驼队一起走，队伍中的大部分人是马穆鲁克的书吏，是因大师的求情而被允许回家的。第三天，一些贝都因人在路上打劫了驼队，大家被抢得只剩裤头。又经过艰苦的两天行程，进入绥布巴镇，才找些衣服穿上，然后向绥福达城前进。到达该城后休息了几日，碰到了鲁姆素丹的部队，把他们护送到加沙，然后通过陆路进入埃及。

八月初，伊本·赫尔顿离开同伴，让脚夫催马加鞭向马哈穆迪亚区而去。

尾　声 281

一到马哈穆迪亚区，我只身步行往家里走去，布尔努斯和东西全部被抢了，支撑我的是对女儿和妻子的思念，将她们搂在怀中的希望。

我喘着粗气敲门，沙尔巴打开门，只见他脸色蜡黄，嘴唇肿裂，两眼黑肿，一看是我，他差点昏过去。我用力拥抱了他一下，而他祝贺我平安归来，感谢安拉赐我平安。

“奇迹！安拉的奇迹！主啊！我曾经祈求你赐予我的主人平安，让他活着回来，你确实答应了我的祈求。”

“乌姆·贝宁，沙尔巴啊！乌姆·贝宁在哪里？”

“哈志啊！我站不住，让我坐下给你说。自从埃及军队回来后，关于你遇难的消息就不胫而走，有人说，你被魔鬼般的蒙古人吃了。乌姆·贝宁听到后完全垮了，她的那个该死的弟弟说服她回非斯。现在我才 282
明白，他烧掉了你写给乌姆·贝宁的信。我曾责备他，而他当时跳着舞对我说：‘老东西，你骂吧，狠狠骂，你骂反而让我很高心。’他们走的那天，我拦住不让走，他便狠狠地打我了一顿后扬长而去。”

“我的女儿呢，她怎么样？”

“像很多小孩一样，她也得了瘟疫，这使她母亲下决心走，找非斯的医生治病。”

我脑子里一片空白，不知问什么好，只好进书房慢慢想到底发生了什么。后来，我每天问沙尔巴一些问题，他有时说得很详细，有时则重复说过的。差不多一个多月,我没离开家。只有礼拜和祈祷的时候,我才得到些许安慰。一个月满,我忍着悲痛开始准备去非斯找妻子和女儿。但是我要走的消息一传开,马上来了许多人前来送别。有天忽然来了素丹的信使,告诉我素丹派人去和帖木儿谈判,后者同意双方和解,还告诉我大马士革和伍麦叶大寺在蒙古人离开前又遭火烧。当他准备离开时,用憎恶的口吻让我收下帖木儿带给我的钱袋,说是我卖给他马的钱。但是我拒绝了,告诉来人,我和素丹商量后再做定夺。

283 就在当天中午,我强忍疲惫,去埃布里格宫见素丹,替自己洗清背叛的罪名,免得给教唆和离间者留下把柄。

在等待素丹召见的时候,我向新来的侍卫打听耶释别克,他告诉我,此人被任命为亚历山大总督,这是一个雪上加霜的消息,看来希望要大打折扣了。我进去见素丹时,他正忙着和大臣们说话,我走向前,向他问好,然后大声讲了给帖木儿送马的故事,还讲了帖木儿带给我的钱袋及我的态度,我说希望把它还给帖木儿或上交国库。“这钱归你。”素丹用怀疑的口吻对我说,看得出他不太喜欢我的到访和送马的故事。

我与素丹的关系永远不会热乎了。我们之间的心理隔阂不可能打破,我也不在乎是否再能进宫,年纪和我新的问题使我对此失去了兴趣。当我收到钱袋时,感觉已暂时摆脱这个严重的问题。

八月份快完了,非斯方面无任何消息,我也越发担心。因此,我写信给素丹,请求他允许我回马格里布,其中原因只是想念家人和故乡。但中午时分,素丹的回信到来,第三次任命我为开罗马立克学派法官。
284 见此委任,便明白素丹要我留下当摆设,要沐浴在他的恩赐里。我只好考虑用别的办法来脱身了。于是,上任后像以前一样,秉公执法,拒绝疏通,不理求情。果不然,未满一年就被免职,素丹把职位卖给了出钱最多的人——哲马鲁丁,此人不仅善于此道,还精于阿谀和行贿。而我没等到被完全免职，就开始想另一个办法。

伊历904年二月，我忽然想到给当时的马林人素丹艾布·赛义德写信，由于距离遥远和种种原因，我根本不了解他。我在信中主要介绍了帖木儿，并提醒马林人素丹一定要提防蒙古人的欲望和因有人背叛而引狼入室。然后讲了我和帖木儿之间在大马士革发生的事，但未提为帖木儿写书的事。在信中，我还讲了中亚河外地区兴起的这股蒙古人的历史，讲了成吉思汗和其横跨东方、小亚细亚和中亚的帝国，还有后来瓜分了这个帝国的几个儿子。另外，特别指出，这个帝国已是帖木儿的天下，而且还拓宽了不少。我从野蛮和勇猛的角度将蒙古人比作阿拉伯贝都因人，目的是提醒阅信者重视使用马格里布地区的阿拉伯贝都因人，以防突发事件。

我在信中还婉转的请求素丹致信马穆鲁克素丹，让他允许我回马 285
格里布。写好后找一信使带走，便焦急地等待结果。

信发走八个多月了，没有马格里布的回信，也无马穆鲁克素丹的指示。当感到等待没希望时，我便再次写信给素丹，请求他准许我回故乡。但是回答却是重新任命我为马立克学派法官。我再次委曲求全接受任命，免得与素丹发生直接冲突而完全关闭希望之门。

我做法官期间，看到过去与现在如此相似，或干脆不分彼此：一幅幅不公平和欺凌的场面一次次重复，只不过是更加隐蔽和狡猾而已。我多么希望打碎桎梏，冲出重重黑暗，找到一块民风淳朴的乐土！如果年轻，我肯定会毫不犹豫地骑上骆驼或乘船去天际寻找这块圣地。而像我这样已半截入土的风残老者，只好咬牙忍耐，或在梦中造反。就这
样，我常常在梦中弃素丹而去，醒来时仍不忘其中的甘甜。我还记得一 286
次梦境。在梦中，我对喝得醉醺醺的素丹说："你带我去打了一场卑鄙的战争，你像懦夫一般逃跑了，把我丢给你的敌人，说是我死了，现在我的家人走了，你说怎么办？"素丹忽然狰狞大笑，轻蔑地说："老东西，

这把年纪了还想女人！你那年轻的老婆早都找到了如意郎君，劝你早点忘了她。”记得我最后的一句话是：“愿安拉诅咒这些懦弱而毫无宗教操守的酒鬼。”

十二月一日，我几近绝望，忽然沙尔巴满脸高兴地跑进来找我，说：“主人啊！我看你成天闷闷不乐，闭门谢客。我理解乌姆·贝宁的离去对你打击很大，但你不是常说：‘你们对真主的恩惠不要绝望！’（39：53）。去年朝觐时节，我曾嘱托一个回非斯的马格里布人，让他找乌姆·贝宁，如果找到就告诉她你还活着的消息，也希望她回开罗。但是，网撒出去了，却没收获。我想今年再给非斯的朝觐者们说说，你多准备几份给乌姆·贝宁的信，剩下的事我去办。”

我似乎又看到了一丝希望，我激动地亲吻了沙尔巴，告诉他我很快会准备好书信。

287 这是一封短信，我抄了很多份。在信中，我告诉妻子我还活着，告诉她我最大的希望是她带着女儿回到我身边。沙尔巴把它交给了七个哈志，拜托他们费心查找。我祈求安拉让撒出去的网有所收获。两个多月过去了，遥远的马格里布方向毫无音信。我在埃及真是度日如年或更长，我无心等自己第四次被革职的消息，也没心思听巴叶齐德素丹死于跛子帖木儿的一个笼子里的传言。

伊历906年的三月过去了，四月已经来临。沙尔巴一直用尽办法来安慰我，甚至发誓说再过两三个月还没消息的话，他亲自去非斯把乌姆·贝宁娘俩接来，说：“我和你不一样，我在素丹面前一文不值，我要用这种区别来报答你对我的恩情。”

沙尔巴一番朴实而真诚的话让我感动不已，更让我燃起希望。我开始努力去看已经尘封许久的书，偶尔去给哈姆上个坟；有时给我与已离世的伊本·海推布之间往来的信件加注；有时撰写四十年前我出使彼得王时的情况。

尾声

七月末的中午时分，沙尔巴听到轻轻的敲门声，他哆哆嗦嗦地出去 288
开门，开门一看是穿着长袍，带着面纱的乌姆·贝宁。他激动地连忙亲了一下她的额头和手，连跳带喊，连连感谢安拉应答了他的祈祷。

当沙尔巴把她领到我的房间时我正在礼拜，于是两人坐下来等。我故意延长礼拜，房间里只听到我悄声诵读礼拜念词的声音。这时，沙尔巴去厨房端来水和甜点，又去准备午饭。当他端着盘子回来时，我还在礼拜。礼拜一结束，我就开始大声诵读《古兰经》中比较短的章节，诵读完后便念祈祷词，最后我转过身看妻子，泪水已模糊了眼睛。我说：“乌姆·贝宁啊！你害得我好苦啊！你害得我好苦啊！就是相信我死了，也要等我的尸体回来，你也要等我的葬礼结束。你害得我好苦啊！”

妻子大声哭着扑上来，抓住我的双手亲吻，让沙尔巴证明是她弟弟硬让她走的，还说人们都传说被蒙古魔鬼吃了的人已经被消化了，回不来了。她说，一接到我的信，她就决定随非斯的两个贵族人家一起来埃及，这两家人准备去麦加做副朝。

“女儿，女儿在哪里？”

“留给我母亲照看。你走后，孩子病得厉害，回到非斯后吃草药好 289
了许多，只是家人说我不要带孩子，她受不了路途颠簸。”

“但孩子一定要在我们身边，你知道，没你和孩子的房子是多么冷清。”

“唉！我们在非斯的家，因为没有你也是无滋无味。我来这里是让你看到我还是过去的我。另外，我带来了非斯总督伊德里斯给马穆鲁克素丹的信，请求他允许你和我一起回非斯。”

“乌姆·贝宁啊！这个很难，需要好好琢磨。”

沉默了一会儿，妻子吞吞吐吐地说，她和那两家人约好要在十二月月末随他们一起从亚历山大乘船回非斯，还有整整五个月，准备离开的时间应该够了。我当时不想考虑这个问题，便说：“从现在到那时，会有安拉安排的。沙尔巴啊！把午饭端来。”

沙尔巴笑盈盈地端来了许多菜，摆在我们面前，说今天是节日，值得多做几道菜庆祝。我一下子有了精神，胃口大开，我让妻子一起吃，脸色渐渐好转，见我笑了，妻子出去一会儿，拿来礼物，是一件布尔努斯、一个礼拜毯和一些瓶瓶罐罐。我谢谢妻子，只拿了布尔努斯，它很像被抢走的那件，把其余的都送给沙尔巴。

290 我完全为家里的事度过了906年剩下的五个月，我卖掉了所有的东西，通过法庭和毫无破绽的手续把家送给了沙尔巴，又给妻子买了许多东西，有她在，家又有了生机。

就这样，我度过有妻子陪伴的每一天，努力忘掉剩下的时间已不多了。而妻子每天念叨女儿和鼓励我回非斯，念叨那里的日子好过。当她回去的时间到后，我把她送到亚历山大，许诺会很快来找她，并反复央求那两家人好好照顾她，最后，挥泪告别。

第二年的八月初，我在为回非斯做最后的准备，听到帖木儿去世的消息，也没参加庆祝集会。却又接到第五次被任命为法官的委任状。我只好上任，希望尽快被革职。果然，四个月未满，我又被免职，我赶快感谢安拉，写信告诉妻子见到她的日子不远了。

291 十一月初，我的行李已收拾停当，我准备去见素丹请他准许我去朝觐，我想朝觐完后悄悄直奔非斯。但是事与愿违，没有任何先兆，我一下子病倒了，病得卧床不起，几乎活不过来了，如果不是沙尔巴想办法抢救和精心服侍，我可能早就一命呜呼了。

在身体忽冷忽热和全身关节痛楚中，我度过了伊历908年的头五个月，从来探视的人们的眼神中看得出自己恐怕不行了。于是，我与他们只简短地说了几句话，并叮嘱他们保密，我去世前不要对外讲我病的情况。

七月初，妻子来信，告诉我家里和女儿都很好，希望我尽快起身来非斯。她的一番话简直是一剂良药，慢慢地我可以起床洗小净和礼拜，吃饭也有了滋味，甚至连读书的乐趣也回来了。假如我当时有力气的话，我肯定会记录下一个将死的人对世界的看法。如果病愈，我会写下有关的篇章。

八月初时，我已经能稍做活动了，有时还能去家附近的街区转转。292
我每天去市场和巷子走一两个时辰，我用怀念的眼光看着街上的行
人，好像时隔多年后重新回来一般。沙尔巴一直伴在身边，鼓励我，劝
解我。当我感觉身体恢复得差不多时，就去找素丹，告诉他我想要去朝
觐。可是醉眼蒙眬的素丹对我诡秘一笑说："大师，你病得不轻！为了消
除你的忧愁，我还让你去当法官，托我的福，你的身体会好的，除此之
外，你不要向我提其他要求。"说完就离开了。如果他稍微留一会儿，我
就会告诉他：我才不稀罕当他的官，也不想受他的荫福。

七十六年前的斋月，我来到这个世界，今天已是斋月，我病得比以
前更厉害了，也完全失去了生活的乐趣。我祈求安拉让我回到他那里，
我以他最尊贵的使者——先知穆罕默德向他说情，先知曾说："如果这
月来临，天园的门就会打开，火狱的门就被关闭。"我告诉沙尔巴，我的
大限已经临近，叮嘱他发走我写给妻子的信，嘱托他将我埋在纳绥尔
门外的苏菲墓地。然后躺在床上等待死亡天使来熄灭最后一丝生命之 293
光，等待颤抖的手合上我的双眼。

这是艰难的等待，充满忧伤的等待！

这是生命离去的等待，是心脏停止跳动的等待！

死亡的来临，使我坚信生命有终点，肢体关节开裂的声音使我确信生命会有尽头。

我双脚上的脓包，像蚂蚁，不，像血吸虫一样慢慢钻进我的血管和骨髓，甚至钻进了心头。

只有头脑受到爱妻的保护。

死亡突然来临之前的“作证词”！[1]

我低声重复着“作证词”，其中还有一些祈祷词，我祈求安拉宽恕我，宽恕我的父母和家人，宽恕所有活着的亲朋好友。我尽量重复，我希望在末日——精神的寄托，在天园里，乌姆·贝宁高高兴兴地回到我身边。慢慢地我的意识不再清晰，口舌也不再灵活，这时我听到灵魂对我说：“请从这个桎梏中释放我吧。”

294 我看到眼前的沙尔巴慢慢变成一缕青烟，但我能感觉到他洒在脸上的热泪，感觉到他努力给我喂吃的，尽力想用毛毯把我的脚暖热。

永存的主啊！

我的一生像一幅幅画面展现在眼前，当我想要卷起东西方的历史和现在时，忽然变成一团团烈火，朦胧中看到微笑的天使，也许是怜悯和理解的天使。

永存的主啊！

我已开始迎接死亡的痛楚，希望不再有病症和疼痛。

这是死亡的最后苦涩，慢慢地吞噬最后一口气，这时我看到惊恐的画面：

在惊涛骇浪中熊熊燃烧的船！

从暴风狂舞、灰烬肆虐的天空中纷纷落下蝗虫、青蛙和虱子！

我已朽，但眼神依在。

295 我看到死亡天使站在我身后，他身着光的衣裳，好像有两个巨大的翅膀。

他不是来和我讨论我的限期，而是来催我放手这个卑贱的今世。他对我说：“你活了这么多年，一直在等待见你的主，现在就是时候了。”

---

① 作证词：穆斯林在死亡前要念或在别人的提示下念作证词：“我作证：万物非主，唯有安拉，穆罕默德是安拉的使者。”

他还说:“血如果从血管中流出,它还有可能回去吗?!苹果如果离开树枝,有可能再长回去吗?!”

我说:“不可能。”他说:“你就是那血或苹果,或者是离开乳房的奶汁,已无可能回去了。”

我说:“我毕业于这个艰难的时代,请允许我写下最后的嘱托。”他说:“时候已到了,你就像要倒的树。”

天使的声音突然停下,我求安拉快快收起他的绳索。也许是永存的 296
安拉应答了我的祈祷，我忽然进入一个深幽而复杂的隧道。我看到自己在隧道的尽头掉进一个深渊,它吞噬一切,在渊底,一切又回归为泥土和水,而只有灵魂由安拉的绳索牵着飘起。

附：

对小说《伊本·赫尔顿大师》的部分评论

伊本·赫尔顿在开罗 299

埃及文学评论家绥拉哈·法杜里博士

社会学的奠基者伊本·赫尔顿去世(1406年)之前的时光在开罗度过。他曾详细描述了当时的开罗,称其为“人间天堂”“世间乐园”“伊斯兰的根据地”。当他受素丹贝尔孤格的委任,穿着布尔努斯坐在法官的位子上时,却看到了开罗的另一面:“腐败已变成传统和习俗;跋扈成为有钱有势者的专利;不公和受辱却落在弱者和穷苦人的身上。”“伊斯兰离达官贵族而去,看到司法变成巧取豪夺的游戏和明目张胆的买卖。”

这个景象不只在埃及存在,而是中世纪权力的副产品。另外,就司 300
法而言,随着其机构、机制和制度的发展,它在社会中能主持相对的正义。还有,权力从强权逐渐向民主与合法过渡,这一切预示着近代的来临。这个感人的故事通过对尘封历史的追溯和其中规律的解剖,要告诉我们什么呢?这本小说值得荣获开罗美国大学颁发的纳吉布·马哈福兹奖,也是名至实归。

节奏不一

小说《伊本·赫尔顿大师》的作者是摩洛哥著名的文学家拜萨慕·亨弥释教授。他选择这位伟大的思想家在埃及和叙利亚生活的片段作为小说主题,将其分为三章。第一章用大师七日口授编著的方法介绍了大师深邃的历史观点,阐述了他对国家事务和历史及宗派的看法。其来源主要依靠伊本·赫尔顿本人的历史著作,尤其是其声名远播的

301 《历史绪论》。虽然小说中有一些有趣的题外话，但没有改变第一章的格调。比如说哈姆的出现，是为介绍小说主人公所作的铺垫。哈姆当时来请教伊本·赫尔顿，请他解决夫妻间的矛盾。说妻子个子比他高，但很想让他陪着出去看看美丽的尼罗河和这座美丽的城市，因为像她所言，她一个人出去时："会有不良小子和不怀好意的年轻人朝我挤眉弄眼、胡说八道。于是为了名誉，我只得回到家里，免得人们对萨利赫·塔奇的女儿说三道四。"他则回答说："每次陪你穿过街道时，我犹如过'绥拉特桥'一般，我只听到女人们的惊叫和男人们的嘲笑。看在伊德里斯先贤的面上，你不要让我勉为其难，你回到你在非斯时那样，依人而乖巧。"同时，他俩给大师讲了某个法学家对这个问题的意见，要他俩出去的时候就互换衣服，还以《古兰经》经文为依据："她们是你们的衣服，你们是他们的衣服。"(2:187)但是这位马立克学派的法官用别的方法解决了这个问题，即他和丈夫商量，丈夫代替老仆人，而老仆人替他去陪女子外出游玩。丈夫自己同意成为大师的书记官，从这个时候起，两人就有了坚固的友谊纽带。

除了这节之外，这一章的氛围显得有些沉闷，限制了读者想象的空间。因为它只局限于一种手法，即伊本·赫尔顿和书记官之间的对话。
302 他给书记官口述一些其著作中的章节，虽然不乏对自己观点的批判和重新审视。比如他说："哈姆，不要打断我，你记录：无论如何我是时代之子(受时代局限)，虽然我能超脱。时代之子意味着时代优点之子，可惜，它太少了，是时代缺点之子，很遗憾，它太多了。看看这个混乱的时代和我们的无助。"

"关于缺点，你一定要记下，多少次我让情感战胜理智，而无视事实。就这样。例如，我曾不遗余力地维护阿拔斯王朝的哈里发们，我否认他们饮酒、枉法和淫荡。其实，正确的是将其交付于安拉。尤其，在理论上，我将这些归结于享乐文化的必然结局。对这些哈里发们而言，更是如此。还有我曾谈及基督教各派关于基督的不同观点，我曾做出判断，好像我只生活在伊斯兰教初期，而非因基督教的挺进而安达卢西亚几近崩溃的时代。我在《历史绪论》中——我希望将其删除——统统将那些教派称作库夫尔（异教）：'关于这个问题，我们没必要与他们（基督教各派）争论，结论只是或加入伊斯兰教，或支付人丁税或刀兵相见。'哈姆啊，此言差矣，它完全是一个无奈的学究之言。"

"显然，我在一些问题上欠思考或发生失误，我否定了自己的原则：仔细考察信息，将其置于正确的原理之上，以便更好地提炼它。我忘了阿里大贤的教导：你们用思考而非传述的绳索拴住听到的信息，因为思考者稀缺，而传述者很多。"

"哈姆啊，我的失误还有，我曾推崇门第，用它来修正一些错误的观念，对了一些，错的更多。门第使我忽视了一些作为史学家需要正视的事件，比如没有成功的造反，造反者们的真相，要求正义者们的原委，而我曾用最过分的言辞来描述他们。在这个问题上我站在了强权一边，我将历史局限于强者的所为，而把穷苦大众逐出门外。"

虽然，通过伊本·赫尔顿的自我批判，我们能领略作者深邃的思想和优美的表达，但这一章只依靠深沉的表述和沉闷的氛围使得节奏有些慢。

结婚和批判埃及生活 303

第二章的题目是"爱情　做官"，这一章使小说恢复了其自由和放任的特性，因此，在给人物和现实赋予生命的方面想象发挥了作用。这个守妇道的女子长时间地亲吻主人公的手，说明主人公在她心里的位置，她让丈夫请主人公来家里，或让他带去亲手准备的食物。当主人公要去朝觐时，她便请求他能为自己祈祷，让她生个孩子。在朝觐期间，伊本·赫尔顿感情复杂，这个女子的希望使他非常上心，因为他的家人在从突尼斯来埃及的途中在海上遇难，此事对他刺激很大。但是命运为他安排了一个美好的爱情结局。女子的丈夫哈姆在大师朝觐期间因病去世，大师娶了他的遗孀。满足女子生孩子的愿望是对他最好的纪念，很快他便有了一个可爱的女儿，并庆祝女儿出生一周。在此处摩洛哥作者借伊本·赫尔顿之口表达了他对埃及社会一些习俗的看法："自下午起，客厅里来了一拨又一拨的女人，我不认识谁是谁，也不知道谁家的。当然，像这种场合，易卜劣斯肯定会大有市场，于是乎马格里布女人、埃及女人纷纷高歌起舞，打起手鼓，弹起乌得琴，还有杯子声和盘子声。乌姆·贝宁幸福地坐在中间，穿着鲜亮的新衣服，手脚用指甲花染过，点点红色，极为妖艳。"

304 但是，作者写了不知在哪里看到的以下这些习俗，但它肯定不在埃及，他说："我知道，当地的妇女在婚庆等场合会就甜点吃一点点类似大麻的东西，从而会兴奋得连唱带跳。"面对这种习俗，这位马立克派的法学家只好将其交给安拉处理，求他宽恕。我不认为伊历 8 世纪末这种习俗在埃及比较普遍，也不认为埃及妇女们了解这样的兴奋剂。这只是作者的想象，目的是渲染喜庆氛围，其缘由是一些历史学家的说法，即伊本·哈哲尔·耳斯盖拉尼《埃及法官正传》的说法"伊本·赫尔顿住在尼罗河畔，好闻女音，喜时尚，娶一女。此女有一胞弟，英俊且纨绔，故关于他的丑闻不少。"伊本·哈哲尔·耳斯盖拉尼还加上一句："扎马鲁丁所著《法官传》中如是说。"

我想，一些马格里布和安达卢西亚的宗教学者所允许的这种公共生活在埃及也比较普遍。同时，这个时代所产生的诗歌和思想作品也可以说明这个问题，它已深深打上文明的烙印，与荒蛮相去甚远。运用可靠的历史资料使得小说成为文学式的历史，尤其伊本·赫尔顿的自传和历史学家们关于他的看法都是该小说在描写主人公生平时所依靠的历史资料。

305

见帖木儿

作者具有很强的创作敏感和实实在在的小说灵感。他为这个备受关注的历史事件——伊本·赫尔顿与帖木儿的会面首先做了个铺垫，引用了伊本·赫尔顿自传中的说法：“每当我和老师穆罕默德·易卜拉欣说起正在崛起的帖木儿时，他总是说，此人会很快成事，如果你活着，就会见到他。”从而，在这位伟大的历史学家心里留下与帖木儿会面的梦想。但是作者的高明在于不仅营造了一个合适的环境，而且为大师找到了一个令人信服的理由。

在马穆鲁克素丹贝尔孤格与伊本·赫尔顿的谈话过程中可以看到大师为了解鞑靼人和其部落以及为什么加入伊斯兰教等所付出的努力。更主要的是为了这次会面，作者安排了伊本·赫尔顿与罕百里学派法官布尔汉丁的会面，与他一起参观大马士革以及后来为了避免该城遭到其他城市同样的命运，布尔汉丁将谈判的重任交给大师，因为在马穆鲁克人撤走后，通过谈判来保护伊斯兰城市变得必然。由此，此次会面成为知识圣战的历史事件，而非仅仅是政治手段。这正是伊本·阿 306
拉伯沙汗在《帖木儿轶事》中所记载的：“被邀请参加宴会的有大法官卧里叶丁。帖木儿不时瞟上几眼，观察大家。伊本·赫尔顿也在观察帖木儿，当伊本·赫尔顿的目光遇到帖木儿的目光时，后者便低下头，如果他的目光离开，帖木儿便偷偷打量他。这时，伊本·赫尔顿突然大声说：‘埃米尔陛下，感谢伟大的安拉！我有幸见过很多国王，也用我的历史著作记录了他们的过去。我在西方见过某某国王，我曾被某某素丹邀请。我周游了东方和西方，与每个地方的埃米尔和其大臣促膝长谈。感谢安拉，他让我活到今天，看到谁是真正的国王，是真正懂王权的国王。如果应约赴某位国王的宴是为了避免战火，那么，赴埃米尔陛下的宴不仅如此，而且是本人莫大的荣幸和光荣。’帖木儿激动地站了起来，高兴得几乎要跳起舞来。”

但是，希望从这位征服者那里得到安全保障仅仅是海市蜃楼，帖木儿打败马穆鲁克人之后就纵兵抢劫和破坏大马士革城，他离开沙姆地区时，已将其榨得干干净净。伊本·赫尔顿后来回到埃及，发现妻子听到他被蒙古魔鬼吃掉的消息后，带着女儿回了非斯。大师只好留在埃及听素丹指派：任命，免职；任命，免职；……一直到七十六岁干不动的时候。在这部充满历史品位、哲学智慧并具有很高文字造诣的小说中最值得关注的是：作者用心灵来写作，通过对主人公在埃及生活的描写，全面展现主人公的思想及其对当时阿拉伯伊斯兰国家现状的思考。而那些现状中许多片段却在今天仍然重演——强权势力纷纷登上
307 阿拉伯土地。从而使得这部小说值得一读，值得评论，也值得获得纳吉布·马哈福兹文学奖。

308 《伊本·赫尔顿大师》构建伊本·赫尔顿生平传记

黎巴嫩文学评论家艾图旺·艾布·齐德教授

由拜萨慕·亨弥释所著的《伊本·赫尔顿大师》是一部值得关注和挖掘的小说。其中原因在于它在很大程度上是一部历史文学类著作。作者取材于许多历史事实，在此基础上，刻画出小说的主人公及其他人物，从而使这部小说呈现事实融入想象的独特风格。

众所周知，该书的作者（其小说《权力的痴心人》获得1990年度文学评论家奖）是通过对阿拉伯伊斯兰思想的长期科学研究后走向小说文学创作的。他曾完成许多学术专著，比如：《伊斯兰的意识形态结构》《衰落的思考》，这两部著作都是用阿拉伯语和法语两种语言写就的。

但是学术研究并未影响其小说创作，我们已看到他在小说创作方面付出的努力。

我们对《伊本·赫尔顿大师》的阅读热情或关注程度首先取决于作 309
者的描述和对大框架的确立。

这部小说的主人公伊本·赫尔顿的故事开始于他在开罗（小说主人公五十多岁）与马穆鲁克素丹及当权者们的关系，而故事发生的时间则从 14 世纪末持续到 15 世纪初，期间他遇到人生最大遭遇——妻儿在海上遇难。

这个遭遇使他放弃法官职位，转向或用朝觐来治疗心灵创伤，或埋头研究苏菲著作。同时，我们也看到他对当时统治阶级的暴虐无道十分痛恨。

主人公正享受与世隔绝的乐趣时，忽然有一对马格里布夫妇来访，
请求他解决二人之间的矛盾，即丈夫不愿陪妻子外出。于是伊本·赫尔 310
顿建议，老仆人陪妻子外出游览，而丈夫替他工作，记录自己对历史和现实等问题的思考。

就这样，故事的天地变得比以前更加广阔。因为主人公这时已进入相对活跃的世界。从讲述主人公艺术方面来说，小说需要作者设计故事线索和故事结果，所以我们看到在第一夜的会谈中出现："哈姆啊！请记录……请记录，我有天看到……哈姆啊！请这样记录等。"

伊本·赫尔顿与书记官的夜谈持续，前者想到不同的问题，并予以深入研究，最后得出满意的答案。比如可能与不可能事物之间的区别；选择性地记录一些游记，像非洲部分部落男女赤身裸体等，我们看到伊本·赫尔顿对此作了精辟的评论。另外还提到一些统治者的美德，如印度国王的慷慨等。还有，他想到自己曾经对苏菲社团所作出的错误"费特瓦"，解释说其原因是自己对早期伊斯兰的向往和执着。

这时，主人公好像感觉到贝尔孤格素丹要利用他，所以就准备去朝 311

觐。出发前,哈姆的妻子突然来送他,哭着求他在朝觐期间替她向安拉祈祷,求安拉赐给她孩子。

第一章以伊本·赫尔顿的梦结束。他梦到将来要见帖木儿,同时也要娶哈姆的妻子为妻。

小说的第二章以伊本·赫尔顿回埃及开始,一回埃及就去向素丹问好,从他那里伊本·赫尔顿知道了其书记官归真的消息,还知道了其妻弟的情况。

伊本·赫尔顿经常去探视乌姆·贝宁,安慰她和照顾她。几个月后,
决定娶她,把她的弟弟送进心理病院。这一切完成后,伊本·赫尔顿非
常高兴,尤其后来妻子怀孕,生一女儿等使其喜上加喜。在此间,伊本·
赫尔顿看到妻弟在心理病院的状况,看到医生不是在想办法治病,而
是想怎样让病人早点死,于是把他接出来,放在一个修道所。这样没过
312 多久,情况发生了变化,伊本·赫尔顿和其他法官被迫做出贝尔孤格叛
教的“费特瓦”,后来贝尔孤格得胜回来,以及他的朋友接二连三离世
等。第二章的结尾是因伊本·赫尔顿深夜才回家而惹妻子生气。

小说第三章主要讲伊本·赫尔顿与帖木儿的会面。众所周知,鞑靼人在12世纪蹂躏了小亚细亚诸国,在15世纪,帖木儿统帅的鞑靼人席卷中亚和小亚细亚,兵临大马士革城下,从而使得东西方统治阶层坐立不安。

最后,伊本·赫尔顿与帖木儿会面,地点则是准备了丰盛佳肴的帐
篷。期间,他通过翻译听帖木儿说自己主要打沙姆地区有钱人的主意,
从不侵犯穷人。还有,翻译官在帖木儿的讲话中大量引证《古兰经》经
313 文,以说明帖木儿的宗教属性和虔诚。后来,传来蒙古人破坏和平协议
的各种消息:杀人、抢劫和放火。伊本·赫尔顿后来得知,这是帖木儿的
一贯做法,于是便想办法逃脱他的魔掌回埃及去。

但是,主人公见妻女的希望破灭,妻子听到他被蒙古人所杀的传言

后回了非斯。于是伊本·赫尔顿开始写信找妻子，并希望她回来。后来妻子回来，并催他一起回非斯。但是，很快伊本·赫尔顿卧床不起，度过生命的最后时刻，去见安拉。

小说《伊本·赫尔顿大师》 314

埃及文学评论家历加·纳格释教授

摩洛哥作家拜萨慕·亨弥释的小说《伊本·赫尔顿大师》是一部艺术和思想方面都很优秀的小说。

小说选择阿拉伯历史上非常著名的人物作为小说的主人公，他就是伊本·赫尔顿。小说首先在选择主人公上很成功，因为伊本·赫尔顿不是闭门造车的撰稿者，而是一个阅历丰富的人物。他参与当时的政治，对许多重大事件产生过影响，他曾任大臣和与帖木儿谈判代表团的首席代表。也就是说，伊本·赫尔顿不仅是思想家，而且是一个生活阅历丰富和笔耕不辍的人物，其重要性不亚于他的思想。

也许伊本·赫尔顿坎坷的人生经历帮助他完成了其在阿拉伯世界 315
乃至全世界享有盛名的巨著《历史绪论》。许多东西方的学者们都一致认为，他的这部巨著首次在人类思想史上奠定了社会学的基础。它不仅建立在伊本·赫尔顿深厚的研究基础之上，而且源于其政治斗争、文化和文明冲突的经验成果。显然，伊本·赫尔顿深邃的思想、深厚的文化背景及丰富生活经历注定让他成为一个重要人物。

鉴于此，作者选择伊本·赫尔顿作为小说主人公很成功，因为他是一个内涵丰富、充满活力和人生丰富的人物，很容易找到足够的素材。

如果，小说作者只偏重历史，那就会变成一部历史传记而缺乏
艺术。但是这位摩洛哥作家很成功地跨越了这个障碍，依靠细腻、 316

简单、引人入胜的表达，从头到尾一直非常重视小说的艺术性，使主人公成为典型人物，而非仅仅是历史人物。这个小说中的人物一直处在激烈的冲突中，内心的冲突和自己与外部世界的冲突。而作家用细腻的笔法来刻画这个人物，从而使读者忘记这部小说取材于历史素材，也使读者感到小说是人类生活的反映，它表达了每个时代人们的喜怒哀乐。

我们很容易找到小说反映的问题，即知识分子和统治阶层的关系。小说中的知识分子是具有自由意志、人文精神和崇高理想的人。他以其坚定的信念渴望建立一个公平的理想社会。小说中的统治阶级则是独裁和暴虐的代名词，这种统治不需要知识分子参与决策，要的只是充当打手和鼓手。用现代语言说就是温顺而见风使舵的鼓吹手，而非思想自由，能够批判、领导和改变的知识分子。

小说还从另一个方面取得了成功，即这部小说具备了双重美感：一是历史感，二是时代感。通过历史来谈现实，将现实融入历史。另外，小说成功描绘了自由的知识分子和独裁统治间不断的矛盾问题。

317 除此之外，作者的表达手法高超，行文简单准确却充满情感。小说中的人物具有普遍性和特殊性。因此，可以说，小说的思想性和艺术性都很强。

最后，我个人觉得，翻译该小说时有两个问题值得注意：

第一，小说中涉及许多历史人名和地理名称，大多数需要注释，但要避免对小说本身的艺术性产生误解。

第二，小说中大量引用了伊本·赫尔顿本人的著作，但作者未标出出处。

本人希望作者以后加上几页附表以解释人名和地名，另外指出引用出处。我想这个附表非常必要，因为它可以使读者找到理解该小说和容易阅读的钥匙。我认为这个附表本身就是个小说的钥匙。

纳吉布·马哈福兹小说创作奖评委会颁奖词 318

（2002年12月11日）

（菲尔雅莉·葛祖丽博士）

欢迎大家来参加第七届纳吉布·马哈福兹文学奖。今年的评委分别是金字塔机构著名的评论家和作家历加·纳格释教授、开罗大学阿拉伯文学教授阿卜杜·穆尼爱慕·塔利玛先生、艾因舍姆斯大学法国文学教授胡达·瓦绥菲女士、开罗美国大学新闻系主任马克里茨先生，还有我本人菲尔雅莉·葛祖丽——开罗美国大学英国文学和比较文学教授。

本人非常荣幸代表评委会宣布：评委会一致同意将今年的纳吉布·马哈福兹小说创作奖颁给《伊本·赫尔顿大师》的作者拜萨慕·亨弥释，此时恰逢纳吉布·马哈福兹诞辰91周年纪念日。

小说围绕杰出的历史哲学家伊本·赫尔顿坎坷的生命历程展开，主 319
要讲述这位摩洛哥思想家在埃及和叙利亚的生活部分。《伊本·赫尔顿大师》是拜萨慕·亨弥释七部小说中的一部，他还用阿拉伯语和法语著有多部关于伊本·赫尔顿的学术专著。

《伊本·赫尔顿大师》取材于历史文献，尤其是伊本·赫尔顿本人的著作，成功刻画了这位14世纪天才的思想家的形象。正如胡达·瓦绥菲女士所言，小说在引述伊本·赫尔顿关于历史和社会关系的诸多著作框架内试图揭示其内涵，让引述在作者和主人公之间交替，从而使他人传记与自我传记完美融合。如历加·纳格释所指出，小说的主题是知识分子与统治阶层的关系，也是研究者与当政者的关系。历加·纳格释认为该小说具有双重美感，历史和现实的美感，他认为小说是通过历史来讲现实。

小说分为三个部分，外加一个序幕和尾声。虽然每个部分几乎是独立的，但还是有相互支撑的内在联系，从而赋予其深刻感和厚重感。第一部分围绕伊本·赫尔顿的思想展开，他给书记官不仅口授其思想，还
320 与其展开探讨。第二部分描述伊本·赫尔顿的内心和准备迎接新的幸福，即在妻儿们在海上遇难后他第二次结婚。第三部分中的伊本·赫尔顿是一个积极行动者，他试图减少战争带来的破坏及阻止帖木儿抢劫和毁坏大马士革。在尾声中，我们看到伊本·赫尔顿在最后的岁月孤独一人，妻子和女儿回了非斯，而自己则被革职。显然，改善政治环境的努力也失败了。小说将年迈病弱及离世作为这位伟人的结局。

该小说的表达具有散文和极具说服力的对话艺术特点。引人入胜而浅显易懂的文字和绵绵不断的表达手法使这部小说变得有趣而有益。通过这部小说，我们可以领略伊本·赫尔顿对历史及哲学的理解，他对文明此消彼长的精彩论述及其社会学和文明方面的基本观点。小说还涉及伊本·赫尔顿的个人生活的方方面面，他的喜怒哀乐，对妇女及两性关系的看法等。小说的最后一部分讲到伊本·赫尔顿对当时重大事件的关注及对鞑靼人在东方征战的回应。总之，伊本·赫尔顿这个遥远而令人生畏的人物在小说中变成了一个有血有肉的人。

从美学的角度说，阿卜杜·穆尼爱慕·塔利玛先生认为，小说将报告和记录历史形式转换成了想象和创作，把直接的历史资料和历史文
321 献变成委婉的素材，并将委婉变成象征。就这样，这位摩洛哥作家成功地将地方性历史人物环境变成人类思想文化方面共同的财富。

获今年纳吉布·马哈福兹奖的这部小说是一部历史小说，尽管如此，在描述伊本·赫尔顿生命历程中想象起了决定性作用。拜萨慕·亨弥释的文学倾向在其文学著作尤其在这部著作中与大文豪纳吉布·马哈福兹的文学倾向相吻合，即通过想象和小说的手段观察现实，让历史事件成为故事构成的核心。

让我们向拜萨慕·亨弥释表示祝贺，是他通过创作复活了伊本·赫尔顿这位大师——东西方政治哲学和文化历史学的权威、社会学的奠基者。站在这位巨人的肩上，人们开辟了一个被称为“文化评论”的知识新领域。

图书在版编目(CIP)数据

伊本·赫尔顿大师/(摩洛哥)拜萨慕·亨弥释著；马福德译.—北京：商务印书馆，2016
(阿拉伯伊斯兰经典著作译丛)
ISBN 978-7-100-12255-9

Ⅰ.①伊… Ⅱ.①拜…②马… Ⅲ.①长篇小说—摩洛哥—中世纪 Ⅳ.①I416.43

中国版本图书馆CIP数据核字(2016)第110814号

阿拉伯伊斯兰经典著作译丛
伊本·赫尔顿大师
〔摩洛哥〕拜萨慕·亨弥释 著
马福德 译

商务印书馆出版
(北京王府井大街36号 邮政编码100710)
商务印书馆发行
北京通州皇家印刷厂印刷
ISBN 978-7-100-12255-9

2016年11月第1版 开本787×960 1/16
2016年11月北京第1次印刷 印张12½
定价：38.00元